El Secreto de la Familia Santamaría

David Mandel

Publicado por Damkor Books
Gan Hashikmim 11, Savyon, Israel 5690500
Teléfono + 972 54 229 0204
Fax+ 972 3 534 3270
Email Enfoque@netvision.net.il

Copyright@David Mandel 2019

ISBN: 9798777074485

Todos los derechos reservados.
Ninguna parte de este libro se puede reproducir sin permiso escrito del autor.

Ya no están y, sin embargo, viven para siempre.
(*Peonía* de Pearl Buck)

A Michael

PRIMERA PARTE

Capítulo 1

El doctor Carlos Alberto Santamaría, Jefe de la Unidad de Cardiología del Hospital Popular de Burgos, estaba visitando las habitaciones de los pacientes internados cuando sintió vibrar su teléfono celular. Lo sacó del bolsillo y vio en la pantalla el nombre de quien lo llamaba.

---- Carmen, le he dicho más de una vez que no me llame al hospital por cualquier cosa. La he contratado para que cuide a mi madre porque usted es una enfermera con experiencia. Usted puede atender a mi madre sin necesidad de telefonearme----le dijo Santamaría sin intentar esconder su irritación.

----Disculpe doctor, pero creo que usted debe venir a la casa ahora mismo."

----¿Qué sucede?

----Su madre está pálida, blanca como papel. Está sudando frio. Se queja de una sensación de asfixia. Se le hace difícil hablar porque está sin aliento. Dice que siente náuseas y mareos, y que tiene un fuerte dolor en el pecho y en el brazo izquierdo.

----¡No pierda un minuto! ¡Esos son síntomas de un ataque al corazón! Llame de inmediato a una ambulancia para que la traiga al hospital. Yo la esperaré en Emergencia.

Santamaría corrió por los largos corredores maldiciendo al arquitecto que había diseñado el hospital. "¡Carajo! ¿Por qué ubicó a Cardiología tan lejos de Emergencia?"

Llegó al estacionamiento de Emergencia segundos después de la ambulancia. Ayudó a los enfermeros a bajar la camilla sobre la cual estaba echada una anciana que tenía los ojos cerrados. Santamaría agarró la mano de su madre y dio un suspiro de alivio cuando sintió una leve presión de los dedos.

El Departamento de Emergencia daba la impresión usual de caos, debido a la multitud compuesta de médicos, enfermeras, pacientes, acompañantes, adolescentes que eran voluntarios en las ambulancias, y, lo que no era muy frecuente, dos policías que acompañaban a un hombre que tenía la cara amoratada de golpes y las manos esposadas.

----¿Qué tiene la señora?----preguntó una enfermera.

----¡Infarto de Miocardio! Denle oxígeno, diamorfina para el dolor, colóquele nitroglicerina sub lingual, y medicamento para diluir la sangre. No es necesario que le chequee el nivel de troponina. Demora muchas horas recibir el resultado y no quiero que haya retraso en el tratamiento.

La enfermera cumplió con las instrucciones de Santamaría, y la cara de la anciana recobró gradualmente el color.

----Llévenla a Cardiología para que le hagamos los exámenes correspondientes. La tendremos toda la noche bajo observación----ordenó Santamaría.

El médico pasó la noche sentado en un sillón al lado de la cama de su madre. Le trajeron los resultados de los exámenes donde constató el grave e irreversible daño que había tenido el corazón. Una de las arterias coronarias estaba totalmente bloqueada y el flujo de sangre al músculo del corazón había disminuido notablemente. El pronóstico era desalentador. Vio a su madre abrir los ojos y tratar de hablar.

----Hijo, ¿Dónde estoy?----preguntó la señora.

----Estás en el hospital, mamá. Has tenido un ataque al corazón, pero todo irá bien.

Capítulo 1

----Carlos Alberto, recuerda que soy madre de un médico y que muchas fueron las noches cuando te ayudaba a estudiar para tus exámenes. Sé que no me quedan muchos días.

----Mamá, no hables tonterías. Estás en las mejores manos. El jefe de la Unidad de Cardiología te está dando su atención personal----Santamaría le dijo forzando una sonrisa.

----Cierra la puerta de la habitación porque tengo algo importante que decirte y no quiero que nos oigan.

----¿Secretos, mamá?

----No te rías hijo, pero así es, en nuestra familia hay un secreto que ha pasado de padre a hijo y de madre a hija durante muchas generaciones. Tu abuelo, en su lecho de muerte, se lo comunicó a tu padre. Tu padre murió (que Jesús lo tenga en su gloria), cuando tú aún eras muy pequeño, así que no te lo pudo comunicar. Tu hermanita murió de niña y solo me quedas tú. Así que a ti te transmito el secreto familiar. Es un paquete de documentos que está en el altillo, en un baúl antiguo, en un compartimento oculto. Cuando encuentres el paquete no lo menciones a nadie. Si alguien se entera de su existencia sería peligroso.

----¿Por qué sería peligroso?

----No lo sé. Tu abuelo le advirtió a tu padre que era peligroso, y él me lo advirtió a mí. Yo decidí no tocar los documentos y menos aún leerlos. Siguen escondidos en el baúl.

----No te preocupes, mama. Ahora, descansa que tienes que recuperar tus fuerzas para regresar a la casa.

----Sé que ya no regresaré a la casa. Telefonea por favor al Padre Juan Miguel, y dile que venga lo más pronto posible al hospital. Quiero confesarme y morir en paz.

Capítulo 1

El padre Juan Miguel llegó al mediodía al hospital para escuchar la confesión de la agonizante. Traía con él un frasco con oleo sagrado para darle la extremaunción. Carlos Alberto salió de la habitación y esperó afuera. Las enfermeras trataron de conversar con él para distraerlo pero el médico no les contestó. Veinte minutos después, el párroco se persignó, abrió la puerta y abrazó a Santamaría.

----Tu madre se ha reunido con las almas bienaventuradas, Carlos Alberto. Nuestro Señor Jesucristo la ha acogido en su seno. Era una mujer buena y piadosa, como hay pocas. Que su bendita memoria sea siempre tu consuelo.

Capítulo 2

Un viernes, días después del funeral, Carlos Alberto, sentado en la sala, tomaba un whisky y fumaba un cigarrillo, hábitos nocturnos que había adoptado después de enviudar, hacía ya cinco años. El televisor estaba prendido, pero él, ensimismado en sus pensamientos, no le prestaba atención. Contempló la foto de su madre que tenía en la mano y sonrió recordando el ritual materno de los viernes poco antes de oscurecer. Su madre llenaba un vaso con vino, colocaba dos panes sobre la mesa y, luego de prender las velas, se tapaba los ojos con las manos.

----¿Mamá, por que prendes velas los viernes?----le había preguntado una vez.

----Es una costumbre que se originó con mi abuela, o con la madre de ella, o tal vez aún antes. Mi madre continuó con la costumbre, y ahora yo también lo hago. Las velas simbolizan la luz que nos brinda Cristo. El vino es su sangre, y los panes son su cuerpo. Me tapo los ojos porque la luz que emana Cristo ciega.

----Entiendo el simbolismo, pero, ¿Por qué haces todo esto solo los viernes en la noche?

----No lo sé, hijo, pero así lo hacía mi madre, y así lo hago yo. Y ya basta con las preguntas, que la telenovela está empezando, y quiero ver si Javier le declara su amor a Rosa o a Isabel.

Carlos Alberto colocó la foto de su madre sobre el aparador y salió al balcón. La casa, situada en la calle Fernán González, (llamada anteriormente Tenebregosa) en las laderas del Cerro del Castillo, permitía ver desde su piso superior el Arco de San Martin, la puerta principal de la ciudad en la época cuando estaba rodeada de murallas.

Capítulo 2

El médico se sentó en la silla mecedora donde su madre, en sus últimos años, solía pasar horas enteras mirando emocionada a los peregrinos que cruzaban bajo el Arco en su camino a Santiago de Compostela. La reacción de Carlos Alberto a ese espectáculo era muy distinta. Durante su época universitaria había sustituido la fe religiosa, que su madre le había inculcado durante su niñez, por el socialismo. Ver a los peregrinos, especialmente a algunos que tenían las piernas vendadas, le hacía sentir más desdén que simpatía. Después de un rato se aburrió y abrió una novela que había comenzado a leer días antes. No se pudo concentrar y puso el libro a un lado. Recordó el secreto que su madre le había contado horas antes de morir, y decidió subir al altillo.

No había subido al altillo desde hacía décadas. Para decirlo con más precisión, desde la fiesta de su décimo cumpleaños. Carlitos (como lo llamaba su madre hasta que regresó de su primer día en el Liceo Castilla----no solo el mejor colegio de Burgos, sino, en la opinión de Santamaría, el mejor de todas las ciudades del norte de España----y exigió que, desde ese momento, lo llamase Carlos Alberto) invitó a sus amigos de la escuela a la fiesta. Después de los sándwiches, las tortas, la leche achocolatada, el obligatorio canto de Feliz Cumpleaños, y el soplo de las diez velitas, les sugirió jugar a las escondidas.

----Párate frente a esta pared, cierra los ojos, y cuenta hasta veinte----le ordenó Carlitos a uno de sus amigos.

Los otros niños corrieron en diversas direcciones, algunos al patio, otros a la cocina o a la sala.

Carlitos, en punta de pies, subió por la escalera al piso superior, tratando de no hacer ruido. Se subió a una silla y haló una argolla que estaba en el techo. Se abrió una tapa que dejó al descubierto una escalera tipo acordeón de peldaños de metal, que el niño usó para subir al altillo.

Capítulo 2

La buhardilla abarcaba todo el ancho y largo de la casa, y estaba cubierta por un techo a dos aguas. Estaba llena de trastos viejos en desuso, cubiertos de polvo.

Una rata pasó entre las piernas de Carlitos y el niño dio un grito de espanto. Bajó los peldaños tan rápido como pudo y corrió al comedor. Sus amigos habían llegado antes que él, y se rieron al verlo cubierto de polvo y telarañas. Desde ese día nunca había vuelto a subir al altillo.

Carlos Alberto rió recordando el susto que le había causado la rata en su fiesta de cumpleaños. Abrió un cajón de la cómoda y sacó una linterna. Subió al altillo y empezó a buscar el baúl antiguo que su madre le había mencionado. La buhardilla estaba tan llena de trastos viejos que le era difícil hacerse paso. Empujó a un lado un triciclo al cual le faltaba una rueda, una vieja máquina Singer de coser que, posiblemente, habría sido de su abuela, y una canasta con las muñecas de su hermanita, fallecida de pulmonía cuando tenía solo seis años de edad.

Finalmente, vio un baúl de madera al lado de la pared del fondo. Era de forma rectangular, aproximadamente de un metro de largo, sesenta centímetros de ancho, y unos cincuenta centímetros de altura. Su parte superior era plana, lo cual permitía poder también ser usado como banca o mesita. Las bisagras y las manijas eran de bronce.

Carlos Alberto levantó el baúl y se sorprendió de lo liviano que era. Daba la impresión de estar vacío. Lo cargó hasta la escalera y, agarrándolo por una de las manijas, lo bajó peldaño a peldaño. Luego, del piso superior, lo bajó al patio. Lo abrió y confirmó su impresión de que estaba vacío. Recordó que su madre le había mencionado que había un paquete de documentos en un compartimento oculto y asumió que se trataba de un falso fondo. Revisó minuciosamente el fondo del baúl centímetro por centímetro para ver como podía levantar el falso fondo. No vio orificio ni protuberancia.

Capítulo 2

Carlos Alberto volteó el baúl y examinó el fondo, sin encontrar indicios de como abrirlo. "No es urgente", se dijo a si mismo. "Lo revisaré mañana con más paciencia."

El día siguiente, a su regreso del hospital, volvió a revisar el baúl por adentro y por afuera sin éxito. Abrir el baúl se convirtió primero en un desafío, y luego en una obsesión.

Todos los días, después de cenar, revisaba el baúl, durante una hora o más, hasta que, cansado, se iba a dormir.

Dos semanas después, se dio por vencido. Le era imposible abrirlo. Desechó de inmediato la idea de cortarlo con un serrucho. Tenia que haber un modo de lograrlo. Buscó en Internet direcciones de anticuarios, y encontró uno en Madrid que se especializaba en muebles y baúles de la Edad Media.

----Buenas tardes, ¿es este el teléfono de la tienda de antigüedades El Escorial?

----Si, señor, usted está hablando con el propietario, Ricardo Castillo.¿En que lo puedo servir?

----Mi nombre es Carlos Alberto Santamaría. Vivo en Burgos. Lo llamo en referencia a un baúl antiguo que ha estado en mi familia durante muchas generaciones. Tengo entendido que tiene un falso fondo, pero no he logrado encontrar la forma de abrirlo. La semana entrante tomaré parte en una conferencia médica en Madrid, ¿Sería factible, traer el baúl a su tienda para que usted lo revise?

----¡Por supuesto que si! ¿Que día prefiere?

----Estoy libre el próximo miércoles. Yo podría llegar a su tienda a eso de las 5 de la tarde. ¿Le parece bien?

----¡Excelente! La tienda está en la Calle de Alcalá, en la esquina con la calle Hermosilla.

Capítulo 3

El anticuario contempló el baúl con admiración. Durante las dos horas siguientes, examinó el mueble con una lupa, lo midió, lo pesó y lo fotografió, abierto y cerrado, desde diversos ángulos. De rato en rato consultaba unos libros y catálogos que estaban sobre su escritorio. El doctor Santamaría, sentado frente a él, no quiso distraerlo y aprovechó el tiempo para revisar el informe que leería el día siguiente en la conferencia médica.

----Doctor Santamaría, le puedo decir lo siguiente. Su baúl fue hecho en la India, en el siglo diez u once. Es de madera de teca, lo cual explica su gran durabilidad y su estabilidad dimensional. Su estado es excelente. Eso se debe a que el aceite natural de la teca lo hizo impermeable y le dio gran resistencia contra la humedad. La teca no se estropea cuando tiene contacto con metales, y es por eso que el artesano no tuvo inconveniente en usar bronce para las bisagras y la manija. Hay algo interesante que nos indica que el artesano era un hombre de gran conocimiento. Aunque la teca tiene una resina antiséptica que la hace resistente a las termitas, a los hongos y a otros organismos, el artesano, para mayor seguridad, forró el interior con sándalo, una madera que protege contra los insectos y le da un aroma inconfundible.

----Señor Castillo, todo lo que usted me está explicando es fascinante, pero lo que me realmente me interesa es lograr abrir el falso fondo. He pasado horas buscando como abrir el fondo sin resultado.

----No se puede encontrar algo donde no lo hay----contestó el anticuario.

----¡El baúl no tiene un falso fondo! ----exclamó Santamaría.

Capítulo 3

----Así es, no lo tiene. Lo que si tiene es una falsa tapa. Se la enseñaré.

El anticuario alzó la cubierta, presionó la parte de abajo con la mano derecha, mientras que, con la mano izquierda, deslizaba la falsa tapa a un lado. Quedaron al descubierto una cantidad de papeles amarillentados por los años. Santamaría tomó uno de ellos y lo examinó.

----Está escrito en un alfabeto que no conozco----comentó decepcionado.

----Permítame revisarlos----le pidió el anticuario.

El anticuario se puso los anteojos y sacó unos cuantos papeles del compartimento.

----Este está escrito en hebreo, este en árabe, y este otro en letras latinas en castellano antiguo----dijo el anticuario enseñándolos a Santamaría.

----No conozco el hebreo ni el árabe, así que me es imposible leerlos.

----¿Me permite una sugerencia, doctor Santamaría? Mi hija Sofía enseña en la Universidad Complutense de Madrid y, a la vez, está haciendo su doctorado en lenguas semitas. Si usted le entrega copias fotostáticas de estos papeles, ella traduciría al castellano los que están escritos en hebreo y árabe, modernizaría los que están escritos en castellano antiguo, y se los enviaría a usted ordenados cronológicamente.

----¡Una solución ideal, mi estimado Castillo! Estoy alojado en el Hotel Emperador, en la Gran Vía, hasta el domingo. Pediré al conserje del hotel que me haga fotocopias de todos estos documentos. ¿La señorita Sofía podría venir al hotel el domingo en la mañana para recibir las copias, y ponernos de acuerdo en el precio de las traducciones?

Capítulo 3

----Yo vendré con Sofía al hotel. Respecto al precio no se preocupe. Estoy seguro de que Sofía estará encantada de revisar estos documentos antiguos. Tal vez hasta le podrían ser útiles en su tesis doctoral.

Capítulo 3

Capítulo 4

Dos meses después, el cartero entregó en el domicilio del doctor Santamaría un paquete certificado. Esa noche, al regresar del hospital, Carlos Alberto abrió el paquete y encontró que contenía una carta, un sobre manila con las fotocopias que había entregado a Sofía Castillo, y un libro con pasta dura color amarillo.

La carta de Sofía Castillo decía lo siguiente:

Estimado doctor Santamaría:

Aquí le devuelvo las fotocopias de los documentos en hebreo, árabe y español antiguo que usted me entregó para traducirlas y ordenarlas cronológicamente.

He empastado mis traducciones en un libro para que su lectura le sea más cómoda.

Sírvase tomar nota de que en la primera página de cada documento incluyo la fecha cuando fue escrito originalmente, pero, con el deseo de hacerle más comprensible la cronología de los documentos, he optado por presentar las fechas en el formato de nuestro calendario actual (en los originales algunos documentos llevan fechas de acuerdo al calendario árabe y al calendario hebreo).

Las distancias mencionadas en los documentos las he expresado en kilómetros, y los pesos en kilogramos.

He insertado notas a pie de página con explicaciones de ciertos términos, en los lugares donde lo he considerado necesario.

Capítulo 4

Me he permitido hacer uso de su amable autorización para incluir algunos personajes e incidentes mencionados en los documentos de su familia en mi tesis doctoral "La Inquisición Española y sus víctimas".

Quiero agradecerle nuevamente por haberme dado la oportunidad de estudiar y traducir estos documentos que atestiguan eventos, acontecimientos y comportamientos que, por suerte, ya han sido superados.

Le saluda atentamente

Sofía Castillo

Carlos Alberto dejó la carta a un lado, tomó el libro, lo abrió. En la primera página estaba el título:

**DOCUMENTOS DE LA FAMILIA SANTAMARÍA
(ANTES LLAMADA HA-LEVI)
SIGLO 11 AL SIGLO 17
TRADUCIDOS POR SOFÍA CASTILLO**

Empezó a leerlo.

SEGUNDA PARTE

Documento № 1
(14 de junio, 1005)
Carta de Hezekiah ben Abraham Ha-Levi
a su esposa Rebeca

Amada Rebeca, compañera de mi vida y madre de mis hijos:

Estoy desde hace algunas semanas en Egipto, y, si Dios, en su infinita bondad, me lo permite, en dos o tres meses estaré de regreso en Córdoba y podré abrazarte a ti y a nuestros dos queridos niños.

Ha pasado casi un año desde que, con gran dolor de mi corazón, me despedí de ti para viajar a Sevilla. Tan pronto llegué a la ciudad, visité los almacenes de los mercaderes y compré a muy bajo precio artículos de cuero y textiles de excelente calidad, (permíteme un poco de vanidad para decir que mi reputación de ser uno de los mercaderes judíos más exitosos de Córdoba, es totalmente justificada).

Luego de hacer embalar mi mercadería, me embarqué en una nave cuyo destino final era Alejandría en Egipto. Navegamos por el rio Wadi El Kabir[1] hasta Cádiz, y de allí, después de una breve estadía en Tánger, llegamos a Alejandría.

En Alejandría vendí toda mi mercadería doblando mi inversión. Uno de mis clientes me informó que el Sultán Mahmoud de Ghazny[2] necesita esclavos para cuidar su harén, así que viajé a El Cairo donde se encuentra el mercado de esclavos más grande del Medio Oriente.

Notas de la traductora
1. *Wadi El Kabir,* "El Gran Rio" en árabe, hoy es llamado Guadalquivir.
2. *Ghazny* está situada en lo que hoy es Afganistán, a 150 kilómetros al sur de Kabul. La ciudad tiene hoy 270,000 habitantes. Durante el reinado de Mahmud (998 a 1030) Ghazny rivalizaba con Bagdad por el título de principal centro cultural, comercial e intelectual en el mundo islámico.

Documento Nº 1

Llegué al mercado a eso de las cuatro de la tarde. Los esclavos, tanto los varones como las mujeres, cuyas edades fluctuaban desde los seis años hasta los sesenta, estaban desnudos y tenían las manos atadas. Sus propietarios los habían lavado y peinado. La piel les brillaba debido a que habían sido untados con aceite de coco. Las caras las tenían pintadas con rayas rojas y blancas.

Sus manos, pies, nariz y orejas estaban adornados con brazaletes de oro y plata. Estaban parados en fila, los pequeños adelante y los de mayor altura atrás. Al lado de cada grupo estaba el propietario, acompañado de dos o tres de guardias armados con espadas y lanzas, cuidando de que los esclavos no se escapen.

El procedimiento de compras en el Mercado de Esclavos de El Cairo es el siguiente: el comprador, al ver un esclavo que le parece interesante, se acerca al propietario y le pide autorización para revisarlo. Si recibe la autorización, lo primero que hace el comprador es abrirle la boca al esclavo y revisarle la dentadura. Luego, le pide al esclavo que diga algunas frases para verificar que no es sordo ni mudo. Por último, le revisa al esclavo o esclava sus partes íntimas, especialmente los senos en los casos de muchachas jóvenes. Si la impresión general del esclavo o esclava es favorable, el comprador negocia el precio con el propietario.

Tuve suerte de que ese día había una muy buena selección de esclavos, lo que no siempre ocurre, Compré tres docenas de negros, jóvenes y fornidos, con excelente dentadura, y una docena de esclavas negras, cuyas generosas proporciones son muy apreciadas por los árabes.

El día siguiente, me uní a una caravana de peregrinos que viajaban al puerto de Aydhab, en el Mar Rojo, desde donde planeaban navegar al puerto de Jeda y de allí, por tierra, a La Meca.

Documento № 1

Tan grande era la cantidad de peregrinos que esperaban turno para embarcarse, que tuve que esperar dos semanas en Aydhab hasta lograr subir a un barco que viajaba a Debal^3, un puerto en la India, en el Mar de Arabia.

No creas que para mí esas dos semanas fueron vacaciones. Aydhab no es el lugar ideal para veranear. A pesar de ser un puerto importante, las casas están construidas con cañas, el agua lo traen de una cisterna que esta a un día de viaje, el calor es insoportable, y los habitantes se complacen en tratar mal a los viajeros. En realidad, ese miserable pueblo no debería llamarse Adyhab sino Adhab^4. Allí, más que nunca, extrañé Córdoba con su infinidad de fuentes de agua y las maravillosas veladas que pasé con mis amigos recitando poesías.

Finalmente, un barco me llevó a Debal, donde me uní a una caravana que viajaba a Ghazny. Nos demoró cuatro semanas cubrir los 1,200 kilómetros que separan a Debal de Ghazny. Avanzamos durante el día bajo un sol ardiente y sufrimos durante la noche un frio que nos congelaba.

Tan pronto llegamos a Ghazny fui directamente al palacio del Sultán, conduciendo a mis esclavos y esclavas a los que tenía encadenados uno a otro. Me recibió el eunuco que estaba a cargo del harén. Nos miró despectivamente a mí y a mis esclavos.

----Nunca he visto un grupo de esclavos de un aspecto tan patético como el de estos, o esclavas tan feas. Me siento insultado de que usted piense que esta mercadería me podría interesar----exclamó el eunuco.

Mis años de experiencia como mercader me han enseñado a diferenciar entre las palabras del comprador y sus verdaderas

---

Nota de la traductora
3 *Debal,* llamada hoy Karachi, esta situada en lo que hoy es Pakistán.
4 *Adhab* significa "tortura" en árabe.

intenciones. No hice caso de las palabras, ya que vi sus verdaderas intenciones en los ojos y en sus gestos involuntarios.

Era evidente que el eunuco quería comprar a toda costa mis esclavos y que su negativa solo tenía como objetivo lograr una rebaja en el precio.

En negociaciones de compra y venta quien está en desventaja es el que está más interesado en llevar a cabo la transacción. Y en este caso, el más interesado no era yo sino el eunuco. En mi camino al palacio yo había notado la opulencia y el lujo de las residencias, y me había hecho una clara idea de la riqueza y la prosperidad de los habitantes. Si el eunuco no me compraba los esclavos, yo no tendría ningún problema en venderlos a los ricos de la ciudad. Tal vez hasta en un mejor precio.

----Discúlpeme si he ofendido a Su Excelencia. ¡Líbreme Dios de ese pecado! Me iré ahora mismo con mis miserables esclavos----le contesté. Le hice una reverencia, me di vuelta y ordené a los esclavos que me sigan.

----¡Un momento! Si el precio es barato, tal vez me anime a comprarlos----dijo el eunuco.

Le mencioné un precio que era el doble de lo que originalmente había pensado pedirle. Forzó una risa y me hizo una contrapropuesta de la cuarta parte del precio que yo había mencionado. Llegamos a un acuerdo después de una hora de negociaciones, durante las cuales me invitó a sentarme frente a él y dio orden a sus esclavos para que me trajesen una taza de agua endulzada. Me pago en monedas de oro la suma que yo originalmente había pensado pedirle. Le entregué todos mis esclavos y esclavas, excepto uno que había logrado escapar durante el viaje.

Documento № 1

El prófugo había aprovechado una noche sin luna para estrangular al hombre que yo había puesto a cargo de los esclavos. Utilizó las llaves del asesinado para abrir su cadena y escapó. Lo perseguimos durante varias horas pero no lo logramos atrapar. Pero, es inevitable que en los negocios haya costos inesperados que hay que aceptar. La realidad es que, aun tomando en cuenta esa pérdida, tripliqué mi inversión.

De regreso en Debal, compré en el mercado telas de seda bordada que tienen gran demanda entre las damas de Córdoba, alfombras de brillantes colores, y collares de perlas.

También compré un hermoso baúl de madera de teca adornado con bisagras y manijas de bronce. Es para tu uso, adorada esposa. Allí podrás guardar los vestidos que más aprecias. Tiene un compartimento secreto que te servirá para guardar las joyas adornadas con diamantes, zafiros y rubíes que compré para ti en la mejor joyería de Ghazny.

El viaje de regreso de Debal a Aydhab ocurrió sin ningún incidente que merezca la pena contar. De Aydhab a Asuán viajé en una caravana por el desierto durante veinte días. En Asuán, junto con otros diez pasajeros, me embarqué en una faluca, que es como la gente del lugar llaman a un bote de vela pequeño tripulado por dos personas. Dieciséis días después llegamos a El Cairo.

En El Cairo me alojé en la casa de mi primo Yakub ben Daud Ha Levi, el *raīs al-Yahūd*, título del jefe de los judíos en Egipto. Su casa, como la de todos los otros judíos de El Cairo, está en la calle al-Jawdariyyah, que es la única en la ciudad donde las autoridades permiten vivir a nuestros hermanos.

En contraste a mis anteriores viajes a Egipto, en esta ocasión noté que mi primo, que siempre bromeaba y reía, estaba preocupado y deprimido.

Documento № 1

----¿Qué ocurre, Yakub? ¿Tus negocios van mal?----le pregunté.

----No es eso, Hezekiah. Gracias a la misericordia de Dios, mis negocios van bien. Mi preocupación se debe a las leyes que el califa al-Hakim ha promulgado contra los judíos. Nos ha prohibido construir nuevas sinagogas, nos obliga a usar correas y turbantes de color amarillo para que nos puedan identificar más fácilmente como judíos, nos prohíbe usar montura en nuestros caballos, nos prohíbe cargar armas, y nos prohíbe tener empleados musulmanes.

----Perdóname Yakub, pero me parece que tu reacción es exagerada. La comunidad ya tiene suficientes sinagogas, así que la prohibición de construir nuevas no le afecta. Respecto al color del turbante, ¿Qué importancia tiene si es amarillo, azul o rojo? Las otras prohibiciones tampoco justifican tu melancolía.

----Tienes razón, Hezekiah. El motivo de mi tristeza es otro. He recibido noticia de que el barco donde viajaba mi hijo Shmuel de Alejandría a Córdoba fue capturado por piratas frente a la costa de Libia. Los desalmados, de acuerdo a su costumbre, han traído a los prisioneros a El Cairo y los subastarán mañana en el Mercado de Esclavos. Todo mi capital está en este momento invertido en mercadería y no tengo suficiente dinero en efectivo para pagar el rescate por mi hijo.

----No desesperes. Convoca a una reunión de los judíos esta noche en tu casa. Es una *mitzva*[5] en nuestra religión redimir a los cautivos. Veras que toda la comunidad contribuirá.

Yakub siguió mi consejo. Los judíos de El Cairo vinieron esa noche a su casa y donaron dinero generosamente. Yo contribuí con una suma mayor que la de todos los otros.

Nota de la traductora
Mitzva es un acto meritorio.

Documento № 1

El día siguiente acompañé a Yakub al Mercado de Esclavos y fui testigo de las lágrimas de felicidad que le corrían por las mejillas cuando, después de pagar una suma exorbitante a los piratas, le quitó las cadenas a su hijo y lo abrazó.

No tengo ya motivos para permanecer en El Cairo. Dentro de unos días viajaré a Alejandría y me embarcaré a Andalucía.

Amada mía, cuento las semanas, los días y las horas cuando tendré la dicha de verte nuevamente.

Que Dios te bendiga ti y a nuestros hijos.

Tu esposo que te quiere y te extraña

Hezekiah

Documento № 1

Documento № 2
(3 de febrero, 1130)
Biografías de mi abuelo Samuel y de mi padre Yosef, escritas por Abraham ben Yosef Ha-Levi

Querido hijo Jonatán

Escribo estas biografías para que tú, tus hijos y nietos, nunca olviden que tienen el honor de descender de dos judíos, Samuel Ha-Levi y Yosef Ha-Levi, que ocuparon los más altos puestos en el Reino de Granada.

Mi abuelo Samuel nació en Córdoba en el año 993 en una de las familias judías más ricas y prominentes de la ciudad. Su padre, Hezekiah ben Abraham Ha-Levi, fue un mercader que hizo una gran fortuna comerciando en Egipto y la India.

Aunque no tenía pruebas ni evidencia, mi abuelo Samuel, desde muy joven estaba convencido de que descendía del rey David, y que sus antecesores habían llegado a España con navegantes fenicios, siglos antes de que los romanos destruyesen el Templo de Jerusalén.

La riqueza de su padre permitió que Samuel recibiese una esmerada educación judía y general. Estudió *Halaja*[6] con los más destacados rabinos de la ciudad. Hablaba, aparte del hebreo, un árabe perfecto lo cual le permitió familiarizarse con el Corán.

La familia perdió su fortuna cuando los bereberes del norte de África invadieron, saquearon y destruyeron Córdoba, masacraron a los habitantes e incendiaron el palacio real. Samuel y su familia huyeron a Granada.

Nota de la traductora
5 *Halajá* es la ley religiosa judía basada en la Biblia y en el Talmud.

Documento № 2

Durante un tiempo, Samuel se ganó la vida enseñando caligrafía árabe. Su excelencia en este arte hizo que el visir del reino de Granada lo tomase como secretario en el año 1020, y luego, al reconocer su gran inteligencia, lo ascendió al rango de consejero y asistente.

Unos años después, el visir, en su lecho de muerte, pidió al rey que nombrase a Samuel como su sucesor. El rey aceptó el consejo, nombró visir a Samuel, y, al mismo tiempo, le confirió el título de *Nagid* (príncipe de las aljamas[7] del reino).

Debido a que tanto el rey como su hijo, cuando este ascendió al trono, estaban más interesados en lo que ocurría en el harén que en los asuntos del gobierno, Samuel era el verdadero poder en el reino. Promulgó leyes justas. Redujo los impuestos pero al mismo tiempo mejoró su recaudación, llenando así los cofres del tesoro.

Respecto a la comunidad judía, Samuel creó escuelas talmúdicas donde los alumnos estudiaban los libros sagrados, y también las materias seculares, matemáticas, poesía, filosofía.

Nota de la traductora
6   Las *aljamas* —en árabe *ŷāma'a'* significa 'ayuntamiento' o 'reunión de gente'— eran las entidades autónomas (en hebreo *cahal*) en las que se agrupaban las comunidades judías durante la Edad Media en la península ibérica y que regían la vida de sus miembros, vigilando que sus costumbres y su moral se ajustaran a lo establecido por la religión judía. Cada *aljama* cobraba sus propios impuestos, gravando sobre todo el consumo de carne y vino, ordenaba la vida económica de sus miembros, regulaba las construcciones en los barrios judíos, autorizaba la apertura de nuevas tiendas, asistía a los pobres y financiaba la educación de los hijos de las familias humildes. La *aljama* no debe confundirse con el gueto o con la judería, (barrio judío) ya que las *aljamas* agrupaban no solo a los habitantes de un barrio sino también a personas que vivían en aldeas circundantes.

Documento Nº 2

Ver a Samuel, general en jefe del ejército de Granada, luchar en las batallas con la espada desenvainada, y con la ropa bordada con citas del Coran, producía indignación entre los musulmanes que estaban más acostumbrados a ver judíos médicos, judíos mercaderes y judíos comerciantes que judíos guerreros.

Samuel no solo fue un gran estadista y un gran estratega militar sino también autor de maravillosas poesías donde, por sus experiencias guerreras, lamenta los horrores de la guerra. Sus poemas revelan un gran talento. La mayoría de ellos, escritos en hebreo, y otros en árabe y arameo, fueron inspirados por la Biblia.

Su libro en prosa, "Introducción al Talmud, el libro de la riqueza" es estudiado hasta hoy en las escuelas talmúdicas de España.

Samuel leía publicamente sus poemas en las reuniones que tenía periódicamente con otros poetas, y aceptaba de buena gracia las críticas que algunos le hacían respecto a su gramática y a su estilo.

Su gran conocimiento de la religión judía y del Corán, unido a una inmensa confianza en sí mismo que rayaba en arrogancia, le dio motivo para escribir un panfleto controversial donde describía las inconsistencias y contradicciones que había descubierto en el Corán. Un teólogo islámico contestó atacando la Biblia, y, por extensión, a los judíos.

Esta polémica teológica causo animadversión contra los judíos cuyos resultados se vieron años después. La vida ostentosa de Samuel, en cuyo palacio, en la cumbre de una colina desde donde se divisaba el rio Vega, él celebraba constantemente fiestas y banquetes, causó envidia en la gente de la ciudad.

Documento № 2

Samuel ben Hezekiah Ha-Levi murió de un infarto a la edad de 62 años, en el año 1055. Lo sucedió en el cargo de visir su hijo (mi padre) Yosef ben Samuel Ha-Levi, un joven de solo veinte años de edad, pero que, desde muy niño, ya había dado numerosos indicios de que era tan brillante como su famoso padre.

Yosef recibió una excelente educación judía y secular, y poseía un perfecto conocimiento del idioma árabe y de su literatura.

A pesar de su juventud, pero gracias a su gran talento, Yosef justificó su elección al alto cargo con una eficiente recaudación de impuestos y una notable mejora en la eficiencia de la administración del reino. Estableció relaciones diplomáticas y comerciales con los otros reinos musulmanes.

Yosef, al igual que su padre, fue un estudioso de la Biblia y del Talmud, y también escribió poemas de admirable calidad. Se casó con una joven de la comunidad judía de Granada, con la cual tuvo dos hijos, Gideon, el mayor, y yo, Abraham. Cuando Gideon cumplió trece años, mi padre lo envió a estudiar en una *yeshiva*[7] en Fez, Marruecos, famosa por sus profesores eruditos, sus poetas inspirados y sus gramáticos respetados. Se suponía que, cuando yo llegase a los 13 años, también iría a Fez a estudiar, pero el destino lo dispuso diferente.

Mi padre se vio envuelto en una intriga palaciega. El príncipe heredero murió envenenado después de haber cenado en la residencia de Yosef. Afortunadamente, logró demostrar su inocencia en el crimen cuando un eunuco del harén confesó haber puesto veneno en el vino del príncipe por instigación de una concubina que quería que el hijo de ella fuese el heredero.

Nota de la traductora
7 *Yeshiva* es una escuela religiosa. Plural: *Yeshivot.*

Documento № 2

El rey, que era bereber, decidió masacrar a sus súbditos árabes porque temía que se rebelasen. Yosef, cuando se enteró del plan genocida, lo informó a los árabes para que pudiesen defenderse. El rey, al ver que su plan había sido descubierto desistió de ponerlo en práctica, pero, desde ese momento, le retiró su apoyo a Yosef.

Los enemigos de Yosef aprovecharon esa coyuntura para incitar al populacho contra él y contra la comunidad judía de Granada. El 30 de diciembre de 1066, pocos días después de haber yo cumplido cinco años de edad, una muchedumbre musulmana irrumpió en el Palacio Real de Granada, ingresó violentamente a la oficina de Yosef, lo arrastró a la calle y lo crucificó. Ese día, la turba masacró a 4,000 judíos, casi toda la población judía de la ciudad.

Mi madre y yo logramos salvarnos escondidos en la casa de una familia árabe vecina nuestra. Días después, cuando la turba ya se había calmado, nuestros protectores nos aconsejaron que abandonemos la ciudad.

----Muy pocos judíos han sobrevivido a la masacre. Es muy peligroso para ustedes quedarse en Granada. Deben escapar lo más pronto posible.

----¿Pero, adonde?----preguntó mi madre llorando.

----Vayan al norte, a uno de los reinos cristianos. Los judíos viven allí en paz y prosperidad.

El día siguiente, mi madre y yo, montados en las mulas que nuestros generosos amigos nos proporcionaron, logramos salir de la ciudad sin ser reconocidos. Semanas después, llegamos al reino de Castilla.

Documento № 2

Nos radicamos en Burgos, la capital de Castilla. Mi madre, con el dinero que había logrado salvar, compró una casa en la cercanía de la sinagoga.

Gideon, mi hermano mayor, residía, desde hacía varios años, en Fez, en Marruecos. Enterado de la masacre de los judíos en Granada, mi hermano decidió quedarse a vivir en Fez.

Documento № 3
(20 de octubre, 1148)
Carta de Jonatán ben Abraham Ha-Levi en Burgos, a su primo Naftali ben Gideon Ha-Levi en Fez

Querido primo Naftali:

Esta carta es para informarte una triste noticia. Mi padre Abraham ben Yosef Ha-Levi, hermano menor de tu padre Gideon, falleció ayer. Hasta el último día de su larga vida (tenía 82 años al morir) estuvo en posesión de todas sus facultades físicas y mentales. Dios, en su misericordia, premio sus numerosas *mitzvot*[9], su generosidad, su dedicación a la comunidad y su profunda devoción, llevándolo al *Gan Eden*[10] mientras dormía. En su memoria daré *zedaká*[11] a las viudas, huérfanos y pobres de nuestra congregación.

Era el ferviente deseo de mi padre, bendita sea su memoria, que la familia pudiese estar nuevamente junta. Y esto me trae al segundo propósito de esta carta, invitarte a ti y a tu familia a que vengan a vivir aquí con nosotros en Burgos. Demasiadas décadas hemos estado separados.

Han llegado a Burgos terribles noticias de que una nueva dinastía, los Almohades, han tomado el poder en Fez y están forzando a los judíos a convertirse al Islam bajo pena de muerte. A los que se convierten, o pretenden convertirse, los obligan a llevar un turbante amarillo para poder reconocerlos.

Nota de la traductora
8 *Mitzvot* es plural de *mitzvá* (acto meritorio).
9 *Mitzvot* es plural de *mitzvá* (acto meritorio).
10 *Gan Eden* es el paraiso.
11 *Zedaká* es caridad en hebreo.

Quiero describir Burgos para ayudarte a tomar una decisión que sea la mejor para ti, tu esposa y tus hijos.

La comunidad judía de Burgos es hoy la más importante y la más poblada de todo el norte de España. Vivimos en el barrio judío al que llaman "la judería"[12], cercano al castillo de Burgos que está en la cima de una colina.

En realidad, hay dos juderías, la de Arriba y la de Abajo. La de Arriba asciende por una calle llamada Tenebrosa hasta el castillo. La judería de Abajo está en el comienzo de esa misma calle. Ambas están rodeadas de una muralla con puertas que por la noche cerramos y nos aíslan, para nuestra protección, del resto de la ciudad.

Las casas en las juderías de Burgos son de ladrillo, adobe y madera, cubiertas con tejas. Las calles están empedradas. Debido a que las juderías están en la ladera de una colina empinada, las calles no son simétricas sino que están adaptadas a la topografía del lugar.

En nuestra comunidad viven judíos que ocupan altos puestos en la corte del rey, especialmente como recaudadores de impuestos, pero la mayoría de nosotros tenemos otras ocupaciones, somos artesanos, joyeros, prestamistas, médicos, astrónomos, matemáticos. Algunos tenemos tierras y viñedos. Estamos bajo la protección del rey, que nos estima por nuestros talentos lingüísticos y diplomáticos.

Sin embargo, no quiero presentarte un cuadro demasiado optimista. El populacho no nos quiere, y los clérigos constantemente los incitan contra nosotros, acusándonos de ser deicidas, de haber matado a Jesús. Esa es una acusación que nunca la hacen en Fez o en cualquier otro país islámico, ya que los musulmanes, al igual que nosotros los judíos, no pueden aceptar que Dios haya tenido relaciones con una mujer humana, cuyo producto fue un hijo que murió.

Mientras nos dejen vivir y la violencia sea solo verbal, es preferible para nosotros recibir insultos en Burgos que ser matados en Fez

La antipatía que tiene el vulgo de Burgos a los judíos la demuestran en muchas formas, incluyendo en sus leyendas. Seguramente recordarás el personaje del Cid Campeador, que hace siglos luchó contra los musulmanes, (la casa donde yo vivo queda a muy poca distancia de la casa que dicen que era de él).

La leyenda cuenta que el Cid se prestó dinero que necesitaba para sus campañas, de una pareja de judíos llamados Vidas y Raquel. Se comprometió a devolver el préstamo, más los intereses, a un año de la fecha. Pasó el tiempo, y el Cid nunca pagó. La moraleja es que es licito para los cristianos defraudar a los judíos.

Resumiendo, en Burgos no nos quieren pero nos toleran. (¿Acaso hay un lugar, en todo el mundo, donde nos quieren?). El rey nos protege y nos permite ganarnos la vida con nuestros esfuerzos. Tenemos sinagogas, rabinos y una *yeshiva*. ¿Qué más podemos pedir?

¡Ven, querido primo! Te esperamos con los brazos abiertos.

Tu primo Jonatán.

Notas de la traductora
12 *Judería* era la denominación tradicional del barrio judío o de la parte de una ciudad en la que se concentraban las viviendas de los judíos. Esa segregación, a veces dictada por ley, se debía tanto a la discriminació de los cristianos contra los judíos como al deseo de las comunidades judías de mantener su identidad.

Documento № 3

Documento № 4
(26 de marzo, 1267)
Carta del rabino Moshé Ben Najmán[13]
a las comunidades judías de Aragón y Castilla

Queridos hermanos judíos:

Esta carta es para despedirme de ustedes. El exilio que el rey me impuso por haber representado a la comunidad judía en la Disputa de Barcelona, lo considero un premio ya que me permite cumplir con la más importante *mitzvá*, vivir en la Tierra de Israel, lo cual siempre ha sido mi sueño y mi anhelo.

Deseo, antes de irme, relatar lo que verdaderamente ocurrió entre el 20 de julio y el 8 de agosto de 1263 en Barcelona. No es cierto lo que los frailes dominicanos informan en los sermones en las sinagogas que ustedes, por ley, son forzados a escuchar. El Talmud no dice que Jesús es el Mesías.

El fraile dominico Pablo Cristiani, un judío converso, famoso polemista, y enemigo de los judíos, dijo que había encontrado en el Talmud un pasaje que mencionaba que el Mesías nació el día cuando el Templo fue destruido, lo cual, según él era evidencia de que el Mesías ya había llegado y que Jesús era el Mesías. Denunció al rey Jaime I de Aragón que los judíos sabían esto pero lo ocultaban deliberadamente.

El rey convocó un debate en su palacio en Barcelona donde Cristiani hablaría en nombre del cristianismo y yo en nombre del judaísmo.

Nota de la traductora
13 *Moshé ben Najmán,* llamado en hebreo *Ramban* por el acrónimo formado por sus iniciales, y también *Najmánides,* nació en Gerona, Cataluña, en 1194 y murió en Acre en el año 1270. Era rabino, filósofo, médico, cabalista y comentador bíblico.

Documento Nº 4

Yo no tenía ningún deseo de tomar parte en un debate entre un judío y un cristiano, en el cual, fuese cual fuese el resultado, me era imposible ganar. Si hablaba con franqueza, despertaría la cólera de los cristianos. Si no lograba refutar los argumentos de mis oponentes, debilitaría la fe de mis correligionarios.

Pablo Cristiani, por su lado, esperaba que muchos judíos se convirtiesen al cristianismo como resultado del debate, ya que sabía que, aún si yo refutase sus argumentos, el rey y las autoridades eclesiásticas lo declararían ganador.

Hasta ese momento, los cristianos utilizaban nuestra Biblia, (lo que ellos llaman "El Antiguo Testamento" sugiriendo así que es obsoleto) para demostrar que Jesús es el Mesías anunciado por los profetas. Por primera vez en un debate, el representante cristiano utilizaría el Talmud para reforzar sus argumentos.

Cristiani, durante su niñez y su juventud, había estudiado el Talmud y lo conocía tan bien como yo. Citó un párrafo del Talmud donde se menciona que el Mesías había nacido el día que el Templo fue destruido por los romanos.

----Este párrafo demuestra que el Mesías ya ha llegado, y es Jesús----exclamó Cristiani triunfante. El público, compuesto de clérigos y nobles, se puso de pie y lo aplaudió durante largo rato.

Enfrenté un serio dilema. Si desvirtuaba la autenticidad y la autoridad de un texto rabínico, esto sería traumático para los judíos. Pero, por otro lado, no podía aceptar la interpretación de Cristiani. Mi solución fue restarle importancia a ese párrafo. Explique que el Talmud tiene dos partes: *Halajá,* (las leyes judías), y la *Hagadá,* (parábolas y relatos). Solo la *Halajá* es considerada autoritativa. El texto citado por Cristiani no era *Halajá* sino *Hagadá.*

----Pero, aún si el texto fuese *Halajá,* eso no prueba que Jesús es el Mesías, ya que él nació y murió décadas antes de que los romanos destruyeran el Templo----agregué.

Terminé diciendo que el judaísmo considera que el Mesías aún no ha llegado, y la prueba es que no se han cumplido los requisitos que, según las profecías, el Mesías debe cumplir. Esos requisitos son: paz universal, el retorno de todos los judíos a la Tierra Prometida, y la reconstrucción del Templo en Jerusalén.

No hay paz universal. Los judíos no han retornado a la Tierra Prometida, y el Templo en Jerusalén no ha sido reconstruido.

El judaísmo no cree que el Mesías ya haya venido, que haya permanecido solo un corto tiempo, y que haya prometido que cumplirá, la siguiente vez que venga, con todos los requisitos descritos por los profetas.

Debido a que Cristiani no supo que contestar, los clérigos pidieron que se diese por terminado el debate.

El rey me felicitó por "haber argumentado tan bien una causa tan mala". Me obsequió una suma de dinero, pero luego, persuadido por los dominicos que me acusaron de haber blasfemado durante el debate, me condenó al exilio.

Que Dios los proteja, queridos hermanos.

Moshé Ben Najmán

Documento № 4

Documento № 5
(8 de noviembre, 1275)
Carta de Isaac ben Yehuda Ha-Levi enviada desde Toledo a su esposa Miriam en Burgos

Querida esposa

Han transcurrido ya cuatro meses desde que el rey Alfonso X de Castilla, a quien, con justicia, llaman "el Sabio", me ordenó venir a Toledo para formar parte del grupo de eruditos encargados de traducir libros en idioma árabe (que a su vez fueron traducidos del griego) y libros en latín al castellano. También estudiamos astronomía y astrología.

Si no fuese porque los extraño tanto a ti y a nuestros hijos, diría que me siento en el paraíso.

Estoy rodeado de eruditos, filósofos, poetas y cabalistas, algo que yo siempre había considerado un placer inalcanzable. Mis colegas son judíos, musulmanes y cristianos, y no existe odio ni discriminación entre nosotros. Reina la amistad, la cooperación y el respeto mutuo.

Lo que más me impresiona es que el rey está decidido a convertir el castellano en un idioma cultural e intelectual que reemplace al latín. Exige que todos los documentos oficiales sean en castellano, y ha conseguido que ese sea el único idioma que se habla en la corte. También ha obligado a los clérigos a dar sus sermones en castellano.

La institución que dirijo se llama "La Escuela de Traductores de Toledo", fundada en el siglo 12. Nuestro objetivo es convertir el idioma castellano en una herramienta lingüística eficaz para la ciencia, la literatura, y la diplomacia.

He entablado una gran amistad con Yehuda ben Moshe Ha Cohen, astrónomo, traductor, y médico personal del rey.

Documento № 5

Aparte de todos esos cargos, también es el rabino de la Sinagoga de Toledo, y el líder de la comunidad judía de esta ciudad. Ha traducido numerosos libros, especialmente un tratado en astrología judicial y es el autor de quince tratados donde explica las propiedades de 360 piedras para contrarrestar los efectos negativos de las estrellas en nuestros destinos.

Hace unos meses, el príncipe heredero de Portugal estaba gravemente enfermo, y los médicos no sabían cómo tratarlo. El cura confesor del rey convenció al monarca de que la enfermedad del príncipe era un castigo de Dios por emplear judíos en su gobierno

Yehuda temió que esto provocase acciones contra los judíos en Portugal y España. Habló con Isaac de la Maleha, un alto funcionario de la corte, y le pidió que le dé una carta de presentación para el rey de Portugal. Al llegar a Lisboa, Yehuda logró que el rey le permitiese ver al príncipe, y le diagnostico que un coagulo de sangre le presionaba el cerebro. Lo operó, a sabiendas de que, si el príncipe no sobrevivía, él sería torturado y matado. La operación fue muy difícil pero fue exitosa, gracias a la misericordia de Dios, y a la habilidad de Yehuda. El resultado fue que el rey de Portugal, para mostrar su agradecimiento a Yehuda, desistió de castigar a los judíos.

Otro judío que también es un importante miembro de la Escuela de Traductores de Toledo es Isaac ben Said, un astrónomo que compiló las llamadas Tablas Alfonsíes[14].

Notas de la traductora

14 Las Tablas Alfonsies son unas tablas astronomicas realizadas los judíos Yehuda ben Moshe e Isaac ben Said por iniciativa del rey Alfonso X el Sabio, que muestras las observaciones efectuadas en el firmamento en Toledo, desde el 1 de enero de 1263 hasta 1272, y que consignan el movimiento de los respectivos cuerpos celestes y sus posiciones exactas. Fue muy útil para la geografía, contribuyendo a la localización de coordenadas terrestres basándose en las coordenadas celestes; y a la navegación, ya que facilitaban la orientación basándose en el conocimiento de las constelaciones y situación de los planetas.

Documento № 5

Debo confesar que no tengo con Isaac Ben Said la amistad que me une con Yehuda ben Moshe, ya que Isaac es un hombre arrogante, excesivamente orgulloso de su sabiduría y, aun más, de su voz, (se desempeña como *hazán*[15] en la sinagoga).

Cambiando de tema, una buena noticia. Hubiese querido que fuese una sorpresa, pero te lo digo de una vez. He hablado con el rey (¿puedes imaginar que él revisa y aprueba cada una de las traducciones que hacemos?) y le he pedido que me permita ir a Burgos. El 15 del próximo mes llegaré a Burgos y estaré con ustedes hasta después de *Pesaj*[16].

Notas de la traductora
15 *Hazán* es la persona que canta las plegarias en la sinagoga.
16 *Pesaj* es la Pascua judía, que generalmente cae en marzo o abril.

Documento № 5

Documento № 6
(16 de julio, 1313)
El Concilio de Zamora
Crónica escrita por Aarón ben Isaac Ha-Levi

Ayer, para olvidar los graves problemas que afectan nuestra comunidad, hice algo que siempre me causa placer: leí las cartas que mi padre Isaac escribió a mi madre Miriam, benditas sean sus memorias. En una de ellas, mi padre relata, con orgullo y placer, su participación en La Escuela de Traductores de Toledo, y menciona el honor y respeto que el rey Alfonso X manifestaba en sus tratos con los judíos. Eso fue hace cuatro décadas. Hoy, la situación de la comunidad judía es muy diferente.

El arzobispo de Santiago de Compostela, Rodrigo Del Padrón, decidió, hace unos meses, celebrar un concilio en Zamora, cuyo objeto era decretar una serie de prohibiciones concernientes a la comunidad judía. La reunión fue en el Monasterio de Santoalifonso, y contó con la presencia de los líderes eclesiásticos de Santiago de Compostela, Coria, Ciudad Rodrigo, Plasencia, Ávila, y otras diócesis.

La declaración final del Concilio fue escrita en latín. Yo la he traducido al castellano y al hebreo, y he enviado copias a las comunidades judías de toda España. Aquí va mi traducción:

Primera Disposición
El Concilio apoya la política de conversión del Papa Clemente V, que incluye el estudio de la lengua hebrea para catequizar a los judíos, y la prohibición a los judíos de hacer juicios a cristianos.

Segunda Disposición
Se da un mes de plazo a los judíos que ocupan puestos en relación en las Cortes y en las finanzas del reino para que renuncien a esos cargos.

Tercera Disposición
Las comunidades judías deben estar completamente separadas de las cristianas, sin comunicación entre ambas comunidades, para lo cual es necesario concentrar a los judíos en barrios donde vivan solo ellos.

Cuarta Disposición
Los judíos no tienen derecho a dar testimonio contra los cristianos.

Quinta Disposición
Los judíos no podrán poseer tierras.

Sexta Disposición
Se le prohíbe al pueblo deicida que salga de sus casas durante Semana Santa, y se les obliga a que el Viernes Santo tengan cerradas las ventanas y puertas de sus casas.

Sétima Disposición
Para poder identificar a los judíos con mayor facilidad, estos se deben coser una Estrella de David en la ropa.

Octava Disposición
Los judíos no pueden ejercer las ciencias.

Novena Disposición
Los judíos no pueden invitar a cristianos a comer en sus casas.

Décima Disposición
Se prohíbe a los judíos restaurar las sinagogas que se encuentran en mal estado.

Undécima Disposición
Se prohíbe a los judíos cobrar interés por sus préstamos.

Duodécima Disposición
Se prohíbe a los judíos transitar en las calles los domingos y las festividades cristianas.

Documento № 7
(18 de abril, 1369)
Mi padre, Samuel ben Aarón Ha-Levi,
fue el Tesorero Mayor del rey Pedro I
Crónica escrita por Abner ben Samuel Ha-Levi

Puedo decir, sin exagerar y sin jactarme, que mi padre, Samuel Ha-Levi, fue el judío que llegó a la más alta posición en la historia del reino de Castilla.

Mi padre nació en Toledo, en el año 1320. Inició su carrera de financista al servicio de un portugués, Juan Alfonso de Albuquerque, que era el favorito de la reina madre, María. En el año 1350, el príncipe Pedro, de dieciseis años de edad, ascendió al trono, y un año después, por recomendación de Albuquerque, nombró a mi padre Tesorero Mayor del reino.

Tiempo después, Samuel, con la ayuda de los judíos de Toledo, ayudó al rey a recuperar la ciudad que estaba en mano de rebeldes. El rey, agradecido, le dio a mi padre el cargo adicional de Oidor de la Audiencia, responsable por la administración de justicia en el reino.

Samuel se volvió el hombre más poderoso del reino, después del rey. Su residencia en Toledo era un palacio. Su alta posición no le hizo olvidarse de sus correligionarios, especialmente de sus parientes, a varios de los cuales dio altos puestos en la administración del gobierno.

Samuel donó el dinero para construir la principal sinagoga de la ciudad. En las paredes de la sinagoga Samuel hizo grabar alabanzas al rey, y también se mencionó a si mismo. Estas acciones provocaron envidia y celos a los nobles del reino. En 1360 sus enemigos lo acusaron de desfalcar al rey, y Samuel fue procesado por traición y enviado, junto con su familia, a una prisión en Sevilla.

Documento № 7

El palacio de mi padre en Toledo fue registrado y en el sótano se encontró una cantidad de lingotes de oro y plata. Sus acusadores, convencidos de que los lingotes eran solo una pequeña parte de la riqueza de Samuel, lo torturaron para que confesase donde estaba el resto. Samuel murió sin revelar si escondía más riquezas.

Durante meses, mis hermanos y yo, después de ser liberados de la prisión, buscamos el presunto tesoro en las diversas residencias que habían sido de mi padre. Cavamos los sótanos y rompimos las paredes. Nunca lo encontramos, y hoy estamos convencidos de que ese tesoro solo existió en la imaginación de los acusadores de mi padre.

El trágico fin de mi padre Samuel no le dio motivo al rey Pedro para iniciar una política anti judía. Por el contrario, continuó utilizando los servicios financieros y administrativos de los judíos. Se rodeó de tantos judíos que su rival, su medio hermano Enrique de Trastamara, hijo bastardo del rey Alfonso XI, lo tituló "Rey de los Judíos". Los judíos por su parte brindaron apoyo a Pedro durante las diversas sublevaciones que afrontó el rey. El populacho lo llamaba "Pedro el cruel", pero los judíos lo llamaban "Pedro el justiciero."

Enrique de Trastamara se sublevó contra Pedro, lo asesinó y asumió el trono. A pesar de que, durante la Guerra Civil, Enrique había incitado contra los judíos, una vez proclamado rey, su política cambió y protegió a los judíos, tanto como le fue posible, contra los ataques de los clérigos y los desmanes de la muchedumbre.

Una de las primeras decisiones que tomó el rey Enrique fue nombrar Contador Mayor del reino a Yosef Pichón, un judío que era popular entre los nobles de la corte, pero que era visto con antipatía por la comunidad judía, que lo consideraba un hombre corrupto y de pocos escrúpulos.

Documento № 8
(30 de setiembre, 1379)
Informe de Abner ben Samuel Ha-Levi acerca de la ejecución de Yosef Pichón

Escribo este informe para dejar en claro que no tomé parte en la decisión de ejecutar a Yosef Pichón. Por el contrario, expresé claramente mi oposición en la reunión que se llevó a cabo en la Sinagoga de la Judería de Arriba en Burgos.

Estaban presentes los más destacados miembros de la *aljama* de Burgos, incluyendo a Don Zulema (Salomón), Don Zag (Isaac), el rabino Moshé ben Aarón, y yo.

Mi gran suerte fue haber tomado notas de la discusión ya que estas me sirvieron para demostrar mi inocencia al rey Juan, y así pude salvar mi vida. Aquí van mis notas:

El rabino   Queridos hermanos, los he convocado para decidir que hacer respecto a Yosef Pichón, el almojarife[17] del reino de Castilla. Desde que el rey Enrique, bendita sea su memoria, lo nombró, hace diez años, Contador Mayor, Pichón se ha enriquecido inmensamente a costa de la comunidad judía, gracias a sobornos, regalos y cohechos. No logro entender como el rey Juan no se da cuenta que el funcionario a quien él más estima y en quien él más confía es un hombre corrupto y venal.

Notas de la traductora

17 *Almojarife,* palabra de origen árabe, era el título del Tesorero Mayor del reino de Castilla. Durante la Edad Media esta alta función estaba habitualmente ocupada por judíos, que adquirieron gran importancia social y política, y usaban el título de "don". Después de la masacre de judíos en el año 1391, el puesto fue ocupado por judíos conversos.

Documento № 8

Don Zulema	Hace unos días estuve en el palacio real y escuché al rey Juan decir que Pichón era el hombre más inteligente y honesto que él había conocido en toda su vida. ¡Lo escuché con mis propios oídos! Hasta ahora me es difícil creer que el rey se refería a ese sinvergüenza.
Don Zag	Ahora que estamos aquí solo los cuatro, puedo hablarles con franqueza. Juan, nuestro nuevo rey, es un ingenuo debido a su juventud e inexperiencia. Pichón lo tiene engatusado.
Yo	Debemos ir a hablar con el rey y acusar a Pichón de corrupción, presentando evidencias para que el rey lo envíe a prisión.
El rabino	Abner, parece que has olvidado, o no estás enterado, de que hace algunos años una delegación de los judíos más ricos de la comunidad le presentó al rey pruebas irrefutables de los malos manejos de Pichón.
Yo	¿Cuál fue el resultado?
El rabino	Las pruebas que presentamos contra Pichón eran tan contundentes que el rey de entonces, Enrique, a pesar de la estima que le tenía a Pichón, lo envió a prisión y lo sentenció a pagar una multa de 40,000 doblones. Pichón pagó la multa sin mucho esfuerzo, y el día siguiente el rey lo liberó y lo restauró en su puesto.
Don Zulema	Denunciarlo al rey no es la solución. El rey le impondrá nuevamente una multa y luego todo seguirá igual como lo es ahora. Pichón continuará imponiendo más y más impuestos a nuestra comunidad, exigiendo regalos y sobornos.

Documento № 8

Yo	¿Cuál sería entonces la solución?
El rabino	Pichón ha convencido al rey para que imponga un impuesto extraordinario de 20,000 doblones a los judíos de Toledo. Señores, Picón es un *malshin*[18], y el castigo al *malshin* es la muerte.
Yo	No estoy de acuerdo. Pichón es un hombre corrupto, pero no merece la pena de muerte. Es suficiente si logramos que lo destituyan. Aparte de eso, la pena de muerte debe ser aprobada por el rey, y él nunca aprobaría tal medida contra Pichón, que es su favorito.
Don Zag	Abner tiene razón cuando dice que el rey nunca aprobaría la pena de muerte a Pichón. Pero, mi plan es el siguiente: una delegación de los judíos más prominentes que tienen acceso a la corte deben informarle al rey que entre nosotros hay un *malshin,* un soplón y delator que merece la muerte de acuerdo a nuestra religión. No le mencionaremos el nombre, y el rey Juan, debido a su inexperiencia, no se dará cuenta. Le pediremos que nos de una carta ordenando a Fernán Martin, el verdugo del reino, que lleve a cabo la sentencia.
Yo	¡Lo que ustedes quieren hacer es engañar al rey! Nada bueno saldrá de un plan tan absurdo. Por favor, no lo hagan. Ustedes no saben que consecuencias podría tener la muerte de Pichón.

Notas de la traductora
18 *Malshin* ha pasado a la lengua castellana, *Malsín,* como "delator", "soplón".

Don Zulema   Sugiero que votemos. Que levanten la mano los que están favor de pedir al rey una orden en blanco que condene a muerte a un *malshin*. Muy bien, tres a favor, uno en contra. Mañana, los tres que hemos votado a favor iremos al palacio y pediremos al rey que nos firme una orden en blanco autorizando la ejecución del *malshin*.

Tal como yo se los había advertido, las consecuencias de ese plan descabellado han sido trágicas, no solo para el rabino, Don Zag y Don Zulema, sino, mucho me temo, para todos los judíos del reino.

Los tres conspiradores pidieron una audiencia con el rey, en la cual le informaron que, en la comunidad judía, había un delator, cuyo castigo, de acuerdo a nuestra religión, es la pena de muerte. El rey, que estaba de muy buen humor ese día, y ansioso por ir a una cacería, no pidió detalles y firmó en blanco la cédula real ordenando al verdugo Martín que ejecute al *malshin*.

Tan pronto salieron del palacio real, los conspiradores inscribieron el nombre de Yosef Pichón en el espacio en blanco del documento, y lo llevaron al verdugo real Fernán Martín. Martín, al ver la firma y el sello del rey, no dudó un momento en cumplir el mandato real.

El día siguiente, 21 de agosto de 1379, en la madrugada, el verdugo se dirigió, acompañado de Don Zag y Don Zulema, a la residencia de Yosef Pichón.

Don Zulema dio fuertes golpes en la puerta para despertar a Pichón que aun dormía. Este se levantó, fue a la puerta, y, sin abrirla, preguntó "¿Quien toca la puerta a estas horas de la madrugada?"

----Soy yo, Don Zulema.

Documento № 8

----¿Qué quiere usted?

----He venido a decirle que una de sus mulas se escapó. Yo la encontré y se la he traído de regreso.

----¡Muy agradecido! Es para mí una sorpresa muy agradable que usted, Don Zulema, un hombre que yo pensaba que me tenía antipatía, tenga conmigo este gesto tan amable. Un momento, por favor, que voy a abrir la puerta. Tenemos que celebrar nuestra nueva amistad. Justamente, el rey me ha obsequiado un barril de vino delicioso...

Pichón siguió hablando mientras corría los cerrojos. Abrió la puerta, Fernán Martín lo agarró y, sin decir una palabra, lo degolló.

El rey Juan se enteró el día siguiente de la muerte de Pichón. Enfurecido, mandó ejecutar públicamente a Don Zulema, a Don Zag y al rabino Moshé ben Aarón. A Fernán Martín, a pesar de que había actuado de buena fe, le cortó la mano derecha.

A mí, por ser una persona prominente en la comunidad judía de Burgos, me interrogaron, pero pude demostrar mi inocencia.

Los judíos del reino, aunque no habían tomado parte en la conspiración contra Pichón, fueron castigados. El rey Juan anuló el derecho de la comunidad judía de juzgar casos criminales. Esta decisión, mucho me temo, es solo la primera en el proceso gradual de despojar a los judíos de sus derechos y privilegios.

Documento № 8

Documento № 9
(4 de febrero, 1391)
La incitación de Ferrán Martínez contra los judíos
Crónica escrita por Abner ben Samuel Ha-Levi

Los cristianos están convencidos de que existe un ser sobrehumano al que llaman "el diablo", cuyo propósito es apoderarse de las almas y llevarlas al infierno. Yo también creo que existe el diablo, más aún, ¡yo sé que existe! Lo he visto, lo he escuchado, sé su nombre. No es el diablo de los cristianos. El diablo que yo conozco quiere enviar a los judíos al infierno en este mundo, no en el próximo.

El diablo es un clérigo llamado Ferrán Martínez. Su cargo es arcediano de Écija, pero él vive en Sevilla, donde es vicario del arzobispo Pedro Gómez Barroso. Disfruta de una inmensa popularidad en la ciudad debido a la elocuencia de sus sermones y predicaciones, en los cuales incita el odio a los judíos. Por iniciativa propia, y sin que nadie se le oponga, ha hecho suya la jurisdicción sobre los judíos de Sevilla.

En Sevilla también viven musulmanes, pero Martínez no los ataca. Cuando le preguntaron el motivo por el cual se cuida mucho de incitar contra los musulmanes en sus prédicas, contestó, "No menciono a los musulmanes ya que el rey de Granada podría tomar represalias contra los cristianos que viven en su reino, y en Marruecos podrían vengarse matando a los prisioneros cristianos que tienen allí."

Martínez atribuye a los judíos todos los vicios que él puede imaginar (su imaginación no tiene límites) y exige que los cristianos no toleren nuestra presencia y que nos expulsen de las ciudades y pueblos donde hoy residimos.

Su solución para lo que él llama "el problema judío" tiene cuatro partes: la destrucción de las veintitrés sinagogas de Sevilla; el confinamiento de los judíos en un gueto; la prohibición de todo contacto entre cristianos y judíos; y la eliminación de los judíos de todos los puestos de influencia.

La comunidad judía de Sevilla, la más rica y numerosa de Castilla, no aceptó esos ataques con los brazos cruzados. Pidió protección al rey Enrique II de Castilla, quien envió una carta a Martínez, fechada el 25 de agosto de 1378, en la cual ordenaba al fanático clérigo que no se entrometa en los asuntos de sus súbditos judíos; que no incite al pueblo contra ellos y que se abstenga de proclamar jurisdicción sobre ellos.

Ferrán Martínez hizo caso omiso de la orden del rey y continuó sus actividades anti-judías. Cuatro años después, la comunidad judía sevillana volvió a quejarse contra el clérigo. Juan I de Castilla, el nuevo rey, escribió el 3 de marzo de 1382 una severa carta a Martínez criticando sus actividades. Unos meses después, el 25 de agosto del mismo año, el rey emitió un edicto ordenando al arcediano que desistiese de su incitamiento contra los judíos bajo pena de severos castigos. Martínez nuevamente no hizo caso.

El 11 de febrero de 1383, la comunidad judía de Sevilla denunció a Martínez ante los alcaldes mayores. El clérigo contestó por escrito ocho días después que continuaría predicando contra los judíos ya que eso lo hacía con la autorización del arzobispo y en beneficio de la Iglesia y del rey. Añadió que los judíos lo habían intentado sobornar con la enorme suma de 10 000 doblones para que resolviese un caso importante en favor de la comunidad judía.

Las autoridades eclesiásticas de Sevilla enviaron una delegación al rey, en la cual le informaron que la justicia civil no tenía jurisdicción sobre el arcediano, sino solo la eclesiástica, y le aseguraron que los judíos no corrían peligro.

Documento Nº 9

El superior de Martínez, el arzobispo Barroso, convocó una comisión de teólogos y expertos en derecho canónico que ordenó al clérigo que se presentase a declarar. Martínez se negó a acudir, y la comisión le prohibió ejercer sus funciones eclesiásticas y tomar ningún tipo de decisiones judiciales, bajo pena de excomunión.

La situación parecía resolverse a favor de los judíos, pero, cuando el rey Juan murió y lo sucedió su hijo Enrique, un niño de once años, Martínez, aprovechando que era el confesor de la reina madre Leonor, logró hacerse nombrar vicario general. Haciendo uso de las facultades de su alto puesto, el 8 de diciembre de 1390 ordenó a los párrocos de su diócesis, bajo pena de excomunión, que destruyesen todas las sinagogas que existían en sus parroquias, y que enviasen a Sevilla los candelabros, libros de rezo en hebreo y rollos de la Torá que encontrasen en ellas.

Cinco días después, los judíos sevillanos se quejaron al rey. El soberano envió una carta al cabildo catedralicio responsabilizando a sus miembros por todos los daños sufridos por los judíos, y ordenándoles que reconstruyesen, a su costo, las sinagogas destruidas y reparasen las dañadas. También ordenó que depusiesen a Martínez de sus cargos y lo enviasen donde no pudiera hacer más daño.

La primera reacción de los miembros del cabildo fue cumplir con las órdenes del rey, pero Martínez argumentó que en materia eclesiástica el rey no tiene jurisdicción y tampoco tiene autoridad para exigir la reconstrucción de las sinagogas. El cabildo, viendo que el pueblo apoyaba a Martínez, rechazó la orden del rey.

Sin duda nos esperan días terribles.

Dios de Abraham, Isaac y Jacob, en ti confiamos. Ayúdanos, te lo ruego.

Documento № 9

Documento № 10
(5 de noviembre, 1391)
La masacre de los judíos
Crónica escrita por Abner ben Samuel Ha-Levi

"La que fue ciudad populosa se encuentra hoy desolada. Amargas lágrimas derrama por la noche, corre el llanto por sus mejillas. Todos sus amigos la traicionaron, se volvieron sus enemigos. No tengo a nadie que me consuele. Dios me abandonó por completo, a todas horas me siento morir"

Así escribió Jeremías después de que los babilonios conquistasen Jerusalén y destruyesen el Templo construido siglos antes por el rey Salomón. Si el profeta tuviese la desgracia de vivir hoy, habría vuelto a escribir sus lamentos, pero esta vez no con tinta, sino con la sangre de miles de nuestros hermanos.

Los judíos vivimos en España desde que Tito, en el Siglo 1, y luego el emperador Adriano en el Siglo 2, derrotaron las revueltas judías y expulsaron a los judíos que se dispersaron por todo el imperio. Mis antecesores, así lo relata la tradición familiar, llegaron a lo que ellos llamaban "Shaphania", (Tierra de Conejos) a fines del siglo 1, hace 1300 años. ¡Los judíos han vivido más siglos en España que lo que vivieron en la Tierra de Israel!

Durante todos esos siglos, los incidentes de violencia anti judía y conversiones forzosas, tanto bajo los califas y sultanes musulmanes como bajo los reyes cristianos, fueron frecuentes, pero eran casos aislados, de breve duración. Lo que ha ocurrido este año es una catástrofe de la cual no nos podremos recuperar.

El terreno era fértil para que Martínez sembrara su ponzoña, y la viera crecer y dar frutos mortales. La peste negra de hace algunas décadas fue atribuida al hecho de que los cristianos permitían la presencia de un pueblo deicida entre ellos, y también a que los judíos envenenaban los pozos de agua. La única forma de aplacar la ira de Dios era obligando a los judíos a confesar que Jesús es el Mesías.

Martínez convenció al populacho de que los judíos son la reencarnación del diablo, profanadores de hostias, brujos, enemigos del genero humano, y que utilizan la sangre de niños cristianos secuestrados y asesinados, mezclada con arañas, sapos y carne humana para preparar un ungüento que sirve para cubrir su "hedor característico".

El hecho de que la comunidad judía era rica, próspera y protegida por el rey causaba celos, envidia y codicia no solo en el pueblo sino también entre los nobles.

Los quince años de prédicas anti judías de Ferrán Martínez finalmente dieron el fruto que él esperaba. El 6 de junio de 1391 la judería de Sevilla fue asaltada por una muchedumbre liderada por los seguidores de Martínez, que, orgullosamente, se llamaban a si mismos "Matadores de judíos." Durante ese día y los días que siguieron, la turba convirtió dos sinagogas en iglesias, quemó otras, saqueó casas y asesinó a 4,000 judíos. A los sobrevivientes los arrastraron a las iglesias y los obligaron a convertirse al cristianismo. Las mujeres judías fueron violadas, y luego, junto con sus hijos pequeños, vendidas como esclavas a los musulmanes.

Durante las siguientes semanas, la ola de odio implacable, de asesinatos y de conversiones forzosas, se extendió por todos los territorios de Castilla y Aragón. Desde la baja Andalucía llegó a mediados de junio a Córdoba, luego a Andújar, Úbeda, Baeza, y, días después, a Ciudad Real, Toledo, y Cuenca.

Estas trágicas noticias las recibí de mi primo Daniel Ha-Levi, que había viajado a Valencia por motivo de negocios. El 9 de julio llegó a la ciudad y ese mismo día logró escapar y, gracias a Dios, regresó ileso a Burgos. Es una triste ironía que Daniel no logró escapar a su destino ya que murió degollado en la puerta de su casa el 13 de agosto, como lo narraré más adelante.

Esto es lo que Daniel me contó con una voz interrumpida por sollozos.

Yo viajo cada tres o cuatro meses a Valencia donde tengo un importante cliente que me compra las joyas que fabrico. En esta ocasión llegué el 9 de julio. El establecimiento de mi cliente está en la Plaza del Mercado en las inmediaciones de la judería. La plaza rebosaba de gente que estaba escuchando a un orador. El hombre, vestido con ropa de fraile dominicano, estaba parado sobre una tarima y predicaba con voz estentórea. Me acerqué a poca distancia de él para oír mejor, y aun así no pude creer lo que escuchaba.

"Los judíos son la causa de todas nuestras desgracias. Son animales con rabo y menstrúan como las mujeres."

"¿Quién es el predicador?" le pregunté a un hombre que estaba parado a mi lado.

"Es un dominico valenciano llamado Vicente Ferrer[19]*. Ha hecho numerosos milagros con sólo levantar su dedo índice al cielo. Dice, y todos en Valencia le creemos, que es el representante personal de Cristo."*

El fraile exclamó, "Bautizo o muerte", "Bautizo o muerte" y la muchedumbre lo coreó. El hombre que estaba a mi lado empezó a gritar, "¡Todos a la judería! Bautizo o muerte". El

---

Nota de la traductora
19 Vicente Ferrer fue canonizado en 1455 por el Papa Calixto III. En el proceso de canonizacion constataron que hizo 860 milagros durante su vida y después de morir. La Plaza que lleva su nombre en Valencia esta situada en lo que era la Judería de la ciudad.

clamor se extendió por toda la plaza. Vi a gente, con cuchillos, espadas y palos, correr hacia la judería. Me abrí paso en medio del gentío y logré llegar a la posada. Recogí mis pertrechos, pagué al posadero, y, montado en mi caballo, salí de Valencia lo más rápido que pude.

Al escuchar estas terribles noticias, le dije a Daniel que fuese conmigo a la sinagoga y lo informase a nuestro rabino Salomón Ha-Levi, quien, con la sabiduría y prudencia que lo habían hecho famoso en toda Castilla, nos aconsejaría lo que deberíamos hacer.

Salomón Ha-Levi, cuyos cuarenta años de edad habíamos celebrado una semana antes, era hijo de mi tío Isaac, hermano mayor de mi padre, quien había sido el hombre más rico de nuestra comunidad. Salomón, gracias a la fortuna paternal, recibió una educación esmerada, y, desde muy joven, se distinguió por su erudición, su inteligencia, su elocuencia, y, especialmente, por su devoción. Fue inevitable, cuando murió nuestro anciano rabino, que los miembros de mi sinagoga lo eligieran como líder espiritual. Un tiempo después, el rey lo nombró Rabino Principal de Burgos, y Salomón se convirtió en el judío más respetado e influyente del reino.

El rabino Salomón nos recibió con afecto y cordialidad. Escuchó el relato de Daniel sin interrumpirlo. Luego, calló durante un largo rato, ensimismado en sus pensamientos. Nosotros también callamos sin atrevernos a molestar su concentración. Finalmente, nos habló.

----Hermanos, Dios nos está enviando una terrible prueba de nuestra constancia y fidelidad. Yo temo que la violencia también llegará a Burgos. Recordemos a nuestros mártires que prefirieron morir a abjurar de nuestra religión. Seamos fuertes y valientes, y confiemos en la misericordia de Dios----nos dijo el rabino Salomón Ha-Levi.

Nos abrazó y nos despedimos de él, fortalecidos por sus palabras.

La sorpresa más grande de mi vida la tuve unos días después, en la madrugada del 22 de julio, cuando Daniel me despertó con fuertes golpes en la puerta de mi casa. Fui a abrirle, y entró con los ojos desorbitados, llorando y con una expresión de terror en la cara. Su cuerpo temblaba.

----¿Qué sucede Daniel?----le pregunté alarmado.

----Cuánta razón tenía el profeta cuando escribió "los que te quieren destruir saldrán de ti"----me contestó.

Reconocí la cita bíblica, era del profeta Isaías, capítulo 49, verso 17.

----Por amor de Dios, Daniel, cálmate y cuéntame lo que ha pasado.----le rogué.

----Abner, ha sucedido algo tan inconcebible como que el sol deje de alumbrarnos. El rabino Salomón fue ayer en la mañana a la iglesia, acompañado de sus hermanos Pedro y Alvar, de su hermana María, de su hija Sara y de sus cuatro hijos, y pidió al párroco que lo bautize a él y a todos los que lo acompañaban. Escogió Pablo de Santamaría como nombre cristiano.

----¿Juana, su esposa, también se bautizó?----le pregunté.

----Ella se negó a acompañar a su esposo a la iglesia----me contestó Daniel.

Esa mañana fui con una delegación de la comunidad a la casa de Salomón Ha-Levi para hablar con él y entender lo que había pasado. Se negó a recibirnos, y, horas más tarde, se mudó con su familia al barrio cristiano.

Documento № 10

El 13 de agosto la ola de violencia llegó a Burgos. Era un domingo. Al mediodía, un grupo de jóvenes empezó a gritar "¡Los judíos se harán cristianos o mueren!" Llegaron a la Judería de Abajo portando cruces de caña y un pendón azul con una cruz blanca, seguidos por una muchedumbre que, minuto a minuto, aumentaba su número.

Cerramos la puerta de acceso con tan mala suerte que uno de los asaltantes perdió los dedos de la mano. Esto enardeció aun más a la muchedumbre agolpada frente a la puerta.

Un grupo de asaltantes notó que la cloaca estaba defendida solo por una débil verja de madera. La forzaron fácilmente y entraron a la judería. También ingresaron por las ventanas de las casas colindantes al barrio cristiano. Una vez que estuvieron en el interior de la judería, abrieron la puerta y comenzó la masacre.

Mi primo Daniel, que había logrado salvarse al huir de Valencia, fue uno de los primeros judíos asesinados ese día en Burgos. Había cerrado y atrancado la puerta de su casa, pero más de veinte hombres armados con cuchillos utilizaron arietes de madera para derribar la puerta. Daniel les hizo frente valerosamente y recibió varias cuchilladas en la cara. Finalmente, dos asaltantes le agarraron los brazos y un tercero lo degolló. A su esposa Rebeca, primero la violaron y luego la estrangularon.

Algunos judíos se refugiaron en el castillo. Otros huyeron despavoridos y trataron de refugiarse en las casas de vecinos cristianos, con los cuales habían tenido amistad. Estos no les abrieron sus puertas. Por el contrario, les tiraron piedras desde las ventanas del segundo piso.

Una masa incontrolada de gente saqueó las casas y las sinagogas, y luego las incendió. Los asaltantes asesinaron a los judíos que se resistían a ser llevados a las iglesias para ser bautizados.

Documento № 10

Mi casa, en la Judería de Arriba, fue una de las últimas en ser atacadas. Un hombre entró con la espada desenvainada y el rostro enmascarado. A pesar de eso, lo reconocí por el collar de oro que llevaba. Era un noble de Burgos a quien yo había prestado mil doblones de oro.

----No te quiero matar. Entrégame todos los documentos de constancia de deudas y te perdonaré la vida----me dijo.

Le entregué la cajita de marfil donde yo guardaba las constancias de los préstamos que había otorgado, y se los llevó. Perdí ese día toda mi fortuna, más de 30,000 florines de oro, pero doy gracias a Dios de que mi familia y yo quedamos con vida.

Hasta hoy no entiendo porque no me llevaron a la iglesia para forzarme a ser bautizado. Es posible que eso se debió a que mi casa era la última en la Judería de Arriba, y la mayor parte de los asaltantes ya había regresado a sus hogares con las joyas y el dinero que robaron ese día de los judíos, o, tal vez debido a que los más fanáticos estaban en la iglesia forzando a los judíos a aceptar el bautizo.

Esa noche, que, por suerte era nublada, sin luna ni estrellas, escapé de Burgos con mi esposa y mis hijos. Una semana después llegamos a Talavera de la Reina, escondiéndonos durante el día y viajando durante la noche. Otros judíos también encontraron refugio en esa ciudad.

Regresamos a Burgos dos meses después, cuando los ánimos ya se habían calmado y el rey había logrado restaurar el orden. Más de trescientos judíos fueron asesinados en Burgos. Mil doscientos fueron convertidos a la fuerza. La aljama de Burgos dejó de existir, y en las ruinas de las Juderías de Arriba y de Abajo quedamos solo tres familias judías. Todas las otras familias judías habían sido matadas o convertidas al cristianismo.

Documento № 10

Calculo que en toda España fueron masacrados más de 40,000 judíos. Decenas de miles fueron forzados a convertirse o se convirtieron voluntariamente por miedo o por conveniencia. Los restantes, como en mi caso, logramos sobrevivir escondiéndonos durante un tiempo.

El rey Enrique III impuso fuertes multas a los asaltantes, y recaudó más de 40,000 doblones de oro. Ese dinero no se utilizó para indemnizar a los judíos por la pérdida de sus posesiones y la destrucción de sus casas. Fue directamente a parar en las arcas reales.

Respecto al incitador de la masacre, Ferrán Martínez, el rey lo encarceló en 1395, pero lo liberó en menos de un mes. Martínez es hoy venerado como un santo.

Lo que ocurrió en España en 1391 no tiene precedentes. Las comunidades judías de los países que estaban en la ruta de los Cruzados, habían preferido morir antes de abjurar de su fe. Ese no fue el caso de los judíos españoles que se convirtieron voluntariamente, un hecho que no había ocurrido en ningún otro país de Europa.

¿A qué se debió que decenas de miles de judíos españoles se convirtieron al cristianismo?

La única explicación que se me ocurre es que el deseo de esos judíos apóstatas de asimilarse a la sociedad española y dejar de ser discriminados, insultados y odiados, fue más fuerte que su fe judía y su identidad judía.

Documento № 11
(28 de noviembre, 1415)
Jerónimo de Santa Fe
Crónica escrita por Astruc ben Abner Ha-Levi

Poco después de celebrar mi Bar-Mitzva[20] en el año 1382, mi padre Abner ben Samuel Ha-Levi me envió a estudiar en la escuela talmúdica de Alcañiz, donde enseñaba mi pariente Salomón Ha-Levi. Esto sucedió tres años antes de que Salomón fuese nombrado rabino de la principal sinagoga de Burgos y nueve años antes de que él se convirtiese al cristianismo adoptando el nombre de Pablo de Santamaría.

Uno de los instructores me recibió y me llevó a la habitación que me habían asignado. Allí estaba un muchacho de mi edad, sentado en una silla, revisando un tomo del Talmud.

----Shalom----me dijo.----Me llamo Yoshua ben Yosef ibn Vives, pero me llaman Ha-Lorki, porque nací en Lorca.

----Shalom----le contesté.----Yo soy Astruc ben Abner Ha-Levi. Nací en Burgos.

Yoshua se levantó de su silla, me trajo el Talmud y señaló con el dedo un párrafo, no recuerdo cual, pero lo que si recuerdo fue el tono desdeñoso y burlón con el cual comentó lo que me estaba señalando. También tenía la detestable costumbre de ir a nuestros maestros para denunciar a aquellos alumnos que, en vez de estudiar, pasaban el tiempo en actividades frívolas.

Nota de la traductora
20 Bar Mitzva es la ceremonia que celebra el hecho de que el adolescente judío, a los 13 años de edad, ha llegado a la adultez religiosa.

Documento № 11

Todo esto me hizo sentir hacía él una profunda antipatía, sentimiento que logré disimular durante los tres años que compartimos la misma habitación, pero que fue creciendo cada vez más y más.

Nuestro profesor era Salomón. Yoshua, a pesar de su rebeldía contra las enseñanzas del Talmud, admiraba en forma desmedida a mi pariente. Llegaba temprano a la clase para poder sentarse en la primera fila y lo escuchaba con absoluta atención.

----Salomón Ha-Levi es un genio. Cada palabra que sale de su boca es una perla de sabiduría. Yo estoy en esta escuela solo porque él es mi profesor. El día que él deje de enseñar aquí, será el día que yo también me iré----Yoshua solía decirme.

Y así fue. Cuando Salomón Ha-Levi regresó a Burgos, donde lo habían nombrado rabino de la sinagoga principal, Yoshua regresó a Lorca. Yo me quedé en la escuela un año más, decepcionado de que Salomón ya no fuese mi profesor, pero feliz de que, por fin, ya no tenía que soportar la odiosa presencia de Yoshua, cuyas constantes criticas al Talmud y a las creencias judías se habían vuelto intolerables.

Regresé a Burgos el año 1386, y, durante los siguientes años, hasta 1391, nunca dejé de ir los sábados y las fiestas religiosas a la sinagoga del rabino Salomón Ha-Levi para escuchar, disfrutar y aprender de sus elocuentes y eruditos sermones.

Durante años, hasta nuestro reencuentro en Tortosa en febrero de 1413, no volví a ver a Yoshua. Al verme después de tantos años, me contó con gran orgullo que había estudiado medicina con un famoso médico judío, pero que hoy, sus conocimientos y su fama exceden de lejos al que había sido su maestro.

Documento № 11

También me informó, para mi sorpresa, que, durante todos esos años, él había mantenido una constante correspondencia con Salomón, y que, al enterarse de que su admirado mentor se había convertido al cristianismo, decidió de inmediato hacer lo mismo. Se convirtió, asumió el nombre de Jerónimo de Santa Fe, se volvió un fanático cristiano y hoy, según él mismo me lo declaró con orgullo, es un declarado e implacable enemigo de los judíos y de la religión judía.

Su reputación de excelente médico y su devoción a la religión cristiana dieron motivo a que el Papa Benedicto XIII lo hiciera venir a Avignon, donde, impresionado por Jerónimo, le ofreció el puesto de su médico personal.

En Avignon, Jerónimo, aparte de sus cumplir con sus deberes de médico, se dedicó a incitar al Papa contra los judíos. Le presentó dos tratados polémicos que había escrito en latín, en los cuales acusaba a los judíos de toda clase de crímenes. Uno de los tratados tenía como título "Contra los pérfidos judíos" y al otro lo llamó "Los errores judíos en el Talmud".

En el año 1412, Jerónimo pidió autorización para acompañar al fraile Vicente Ferrer en su campaña de conversión de los judíos. Visitaron numerosas comunidades y predicaron sermones anti-judíos en las sinagogas. Los judíos, al ver y escuchar a Ferrer, que cargaba un rollo de la Torá en una mano y una cruz en la otra, recordaron el grito de batalla del fraile, "Bautizo o muerte" y temieron que serían masacrados, al igual que muchos lo fueron en 1391 por incitación de Ferrer y otros frailes. Para no arriesgar sus vidas y las de sus familias, decenas de miles de judíos en toda Castilla, incluyendo comunidades enteras, se convirtieron voluntariamente. En Toledo solamente Ferrer bautizó a más de 4,000 judíos, se apoderó de la sinagoga principal y la convirtió en iglesia, a la cual llamó Santa María La Blanca.

Documento № 11

Jerónimo, de regreso en Avignon, le dijo al Papa que él podía argumentar y probar, citando al Talmud, que el Mesías ya había llegado y que era Jesús.

----Le aseguro, Su Santidad, que, al escuchar mi irrefutable argumento, hasta el último judío de España se convertirá. Estoy dispuesto a debatir contra los veinte, treinta o cuarenta rabinos más eruditos de la comunidad judía. Yo les probaré que Jesús es el Mesías, y no tendrán otra alternativa que convertirse a la verdadera religión----le expresó Jerónimo al Papa.

El Papa Benedicto, entusiasmado con la idea, convocó un debate que tendría lugar el mes de febrero del año 1413 en la ciudad de Tortosa, entre Jerónimo de Santa Fe y un grupo de rabinos de los reinos de Castilla y Aragón.

A principios del mes de enero de 1413, recibí una carta del Papa. En ella, el pontífice me ordenaba participar en un debate teológico. Traté de librarme de esa obligación, ya que nada bueno sale de un enfrentamiento con los cristianos, pero no lo logré.

El 3 de febrero me despedí de mi familia y amigos, y viajé a Tortosa. Allí, me encontré con mi pariente, Zerahiah ben Isaac Ha-Levi, rabino de Zaragoza, que también era parte del grupo de rabinos que había sido "invitado" a debatir. Todos ellos, al igual que yo, habíamos sido amenazados de que se nos impondría una fuerte multa, si no llegábamos a tiempo.

Esa noche, Zerahiah y yo cenamos juntos, intercambiamos noticias de nuestras familias, y, después de haber bebido algunos vasos de vino que había traído conmigo, le hablé con franqueza de la difícil situación económica que yo y mi reducida congregación, (reducida en numero de personas y reducida en ingresos) afrontamos desde el año 1391.

Documento № 11

----Astruc, mi situación y la de la comunidad de Zaragoza son tan malas como la de ustedes en Burgos. Me permito sugerirte, para bien de nuestros bolsillos, que compartamos una habitación en una de las posadas de la ciudad esta noche y durante los días que dure el debate----me propuso Zerahiah.

----¡Excelente idea! Si tú no lo proponías, yo lo hubiera hecho----le contesté.

Ninguno de los dos pudimos imaginar que compartiriamos la pequeña habitacion sin ventanas que nuestro presupuesto nos permitió alquilar, no solo esa noche, sino todas las noches durante los siguientes dos años.

Tampoco presentimos que, durante dos años, nos veríamos obligados a escuchar diariamente las diatribas, las injurias, los insultos y las calumnias de Jerónimo.

Documento № 11

Documento № 12
(17 de diciembre, 1415)
Informe de Astruc ben Abner Ha-Levi, representante judío en la Disputa de Tortosa

Doy gracias a Dios que el falsamente llamado "debate" ya terminó. Veinte rabinos fuimos obligados a participar y cientos de judíos fueron forzados a presenciar diariamente esa farsa. Lo que nosotros creíamos, con ingenuo optimismo, que duraría solo algunos días, duró 21 meses, desde el 7 de febrero de 1413 hasta el 13 de noviembre de 1414.

La Disputa tuvo lugar en un enorme auditorio cuyas paredes estaban adornadas con cortinas y tapices de color purpura. El Papa Benedicto estaba presente, al igual que setenta cardenales, arzobispos y obispos y cientos de nobles. La gente del pueblo fue invitada a asistir, y muchas veces hubo más de 2,000 personas en el público.

Desde el comienzo se hizo evidente que no era un debate sino una adoctrinación. Lo que Jerónimo y el Papa querían era que nosotros, los rabinos, jefes de las comunidades judías, declaremos que Jesús era el Mesías y que nuestra religión está plagada de errores.

A diferencia de la Disputa de Barcelona de 1263, donde se le otorgó inmunidad al rabino Moshé ben Najmán para que expusiese sus argumentos con franqueza y sin riesgo, el Papa se negó a nuestra solicitud. En todas las sesiones fuimos acusados de blasfemia y de herejía, y amenazados con terribles castigos cuando intentábamos refutar los argumentos de Jerónimo de Santa Fe.

En la primera sesión el Papa se levantó de su trono y anunció que advertía a los representantes judíos que serían castigados con multas y latigazos si expresaban argumentos ofensivos a los cristianos.

También informó que en cada sesión un solo rabino podía participar en la discusión.

----Ustedes los judíos----terminó diciendo----son ovejas que han perdido a su pastor. Es nuestra obligación moral y religiosa, que Dios premiará, enseñarles el camino a la salvación. Espero que ustedes cooperen, por vuestro bien espiritual y físico. En cada sesión, Jerónimo de Santa Fe hablará primero y también último y demostrará, citando el Talmud de ustedes, que nuestra religión es la verdadera y que Jesús, Hijo de Dios, es el Mesías. ¿Tienen algo que decir los rabinos antes de dar comienzo al debate?

----Deseamos que se nos asegure que tendremos inmunidad al expresar nuestras opiniones en este debate----dije y me senté. El Papa me miró sonriendo y me contestó.

----Rabino Astruc, me temo que usted no ha entendido lo que estamos haciendo aquí. El objeto de esta reunión es lograr, con argumentos irrefutables, que ustedes acepten que Nuestro Señor Jesucristo es el verdadero Mesías y que solo de él podemos recibir la salvación. ¡Y, ahora que hemos aclarado este punto, comencemos! Doy la palabra a Jerónimo de Santa Fe, el representante de la cristiandad.

----Gracias, Su Santidad, por la confianza que ha depositado en mi. Con la ayuda de Nuestro Señor Jesucristo que inspira mis palabras, lograremos nuestros objetivos y, al final de nuestras reuniones, podremos repetir, cristianos y judíos, las palabras de Jesús, "Benditos sean vuestros ojos que pueden ver, y vuestros oídos que pueden escuchar", Evangelio de San Mateo capitulo 13, verso 16. Mi argumento es el siguiente: el Talmud, el libro sagrado de los judíos, confirma que el Mesías ya llegó y que es Jesús. Los judíos lo saben pero lo callan, pero aquí, en este debate, callar es mentir, y mentir acarrea graves castigos. Citaré tres pasajes del Talmud como evidencia. El primer pasaje menciona que el Mesías nació el día cuando los romanos destruyeron el Templo. El segundo pasaje afirma que

Documento № 12

el mundo existirá durante 6,000 años, de los cuales los últimos 2,000 años serán la Edad Mesiánica. El tercer pasaje dice que el Mesías sufrirá.

Jerónimo se sentó y el Papa indicó que era mi turno para contestar. Recordé lo que el rabino Moshé ben Najmán, a quien los judíos llamamos, usando sus iniciales, Ramban, había argumentado en la Disputa de Barcelona, ciento cincuenta años antes, y decidí usar el mismo argumento para refutar a Jerónimo.

----Respetados señores, deseo aclarar que el Talmud tiene dos partes: *Halajá*, (las leyes judías), y la *Hagadá*, (parábolas y relatos). Solo la *Halajá* es considerada autoritativa por los judíos. Los textos citados por Jerónimo son *Hagadá*, no *Halajá*.

Jerónimo saltó de su asiento y me interrumpió.

----¡Mientes, judío! El teólogo dominico Ramón Marti, experto en el Talmud, en su libro *La Daga de la Fe* citó la *Halajá* que confirma que Jesús es el Mesías.

No perdí la calma. Esperé que Jerónimo se sentase, y le contesté.

----Los párrafos que cita el dominico Ramón Marti son falsos. No aparecen en el Talmud porque no existen. Tengo conmigo el manuscrito original en hebreo que así lo demuestra. Aquí está.

El público empezó a protestar y a gritar. El Papa hizo un gesto imponiendo el silencio y me habló.

----En este proceso no se admite como evidencia manuscritos traídos por los judíos. Le advierto, rabino Astruc, que no estoy dispuesto a tolerar sus insolencias. Si usted vuelve a acusar al dominico Marti de falsificar citas del

Documento № 12

Talmud, lo castigaré severamente. Y ahora, prosiga----declaró el Papa.

Yo traté de contestar, pero callé cuando vi que el rabino Zerahiah se levantaba de su silla y subía a la tarima, donde estábamos Jerónimo, el Papa y yo. Los guardias del Papa lo quisieron detener, pero el pontífice les hizo una señal para que lo dejen acercarse.

----¿Qué quiere, rabino Zerahiah?----le preguntó el Papa.

----Quiero pedirle en mi nombre y en el de los otros rabinos que participan en este debate, que se nos permita expresar nuestros argumentos libremente y sin temor ----dijo el rabino Zerahiah con un coraje que me produjo gran admiración.

----Judío, parece que tu memoria es tan deficiente como tu teología. No hace siquiera una hora que dije, en la forma más clara posible, que un solo rabino tiene el derecho de hablar durante cada sesión. En esta sesión le corresponde hablar al rabino Astruc. No te corresponde hablar a ti y tampoco a los otros judíos de tu grupo. Considerate afortunado que soy misericordioso y no ordeno que te den cien latigazos por hablar fuera de turno. Y ahora, ¡regresa a tu lugar antes de que me arrepienta de mi clemencia!----le gritó el Papa.

----Su Santidad, permítame añadir----dijo Jerónimo----que este no es un debate sino una adoctrinación cuyo objeto es que ustedes, los judíos, acepten finalmente la verdad de nuestra religión.

----Jerónimo, ¿no cree usted que un maestro debe tomar en cuenta los deseos de los alumnos? Le aseguro que no tenemos deseos de ser adoctrinados ----le interrumpí.

Jerónimo no me hizo caso y continuó citando el libro del dominico Marti, sin tomar en cuenta mi propuesta de comparar el Talmud original en hebreo del Talmud con las calumnias que Martí no tuvo escrúpulos en inventar y mencionar en su libro.

Así pasaron dos semanas, hasta que, en la sesión de la última semana de febrero, el Papa hizo una declaración que nos causó sorpresa.

----Es evidente que la victoria de Jerónimo es clara, y ha probado, sin dar lugar a dudas, que el Talmud reconoce a Jesús como Mesías. El hecho de que estos rabinos se niegan a aceptar la realidad significa que no tienen argumentos para responder. También he notado que los judíos expresan una opinión un día y el día siguiente la cambian. Por lo tanto, he tomado una decisión. Durante los próximos dos meses, marzo y abril, continuaremos el debate pero en forma escrita. Se levanta la sesión.

Durante los meses de marzo y abril intercambiamos nuestros argumentos con Jerónimo por correspondencia. En las cartas que le envié le enumeré las diferencias básicas que existen entre la religión cristiana y la religión judía.

Zerahiah, por su lado, le escribió a Jerónimo que, en nuestra opinión, un debate religioso es fútil, ya que los dogmas de cada religión están basados en la fe y no necesitan evidencia ni pruebas. Finalmente, en una carta que ambos firmamos declaramos que rechazamos todos los argumentos basados en los párrafos de *Hagadá* del Talmud, ya que para nosotros esos párrafos no tienen autoridad jurídica ni teológica.

A principios de mayo, el Papa decidió reanudar las sesiones y nuevamente nos enfrentamos a Jerónimo. La discusión versó sobre la salvación. Jerónimo insistió que el único medio para conseguirla era a través del Mesías Jesús.

----En nuestra religión----le contesté----no necesitamos un Mesías para obtener la salvación. Es suficiente cumplir con las *mitzvot* impuestas por la Torá para merecer la vida eterna.

----El hecho de los judíos están dispersos en el mundo es prueba de que Dios los ha castigado por haber matado a Jesús----acusó Jerónimo.

----¡Todo lo contrario! El hecho de que estamos dispersos en el mundo es prueba de que Jesús no es el Mesías, ya que el regreso de todos los judíos a la Tierra de Israel es un requisito indispensable para demostrar que el proclamado Mesías es el verdadero----le contesté.

----El Talmud dice que el Mesías nació el día de la destrucción del Templo, así que ustedes están de acuerdo con nosotros en que ya nació----insistió Jerónimo.

----Con todo respeto, ustedes, los cristianos, creen tantas improbabilidades acerca de vuestro Mesías, que es permisible para nosotros creer en esta única improbabilidad respecto al nuestro----le contesté sonriendo, pero, cuando vi la cara del Papa enrojecer de cólera por mi sarcasmo, me apresuré a continuar.----La *Hagadá* citada por Jerónimo no se refiere a Jesús, ya que él murió treinta o más años antes de la destrucción del Templo.

En una de las sesiones de la Disputa expliqué la diferencia que hay entre el concepto cristiano de "Mesías" y el concepto judío.

----Los cristianos creen que el Mesías es una figura divina que traerá salvación a sus creyentes. Los judíos creen que el Mesías es un ser humano que deberá cumplir los tres requisitos que mencioné anteriormente: traer de regreso a todos los judíos a la Tierra de Israel, reconstruir el Templo de Jerusalén, e inaugurar una era de paz universal. Es obvio que Jesús no cumplió con ninguno de esos tres requisitos. Los judíos seguimos dispersos. El Templo no ha sido reconstruido. Y basta ver lo que ocurre en nuestros días para entender que estamos más lejos que nunca de la paz universal Por lo tanto, sería ilógico aceptar que Jesús haya sido el Mesías que continuamos esperando.

Me di cuenta de que la mayoría de los rabinos de nuestro grupo no tenían experiencia en debatir, y, peor aun, se contradecían uno al otro. En el curso de los siguientes meses varios rabinos de nuestro grupo se convirtieron al cristianismo. Otros regresaron a sus pueblos. Al final quedamos solo tres, Zerahiah, yo y otro más.

En una de las sesiones, después de meses de inútiles e infructíferas discusiones, Zerahiah, cansado de los insultos y burlas de Jerónimo, se dio por vencido.

----Les ruego que nos dejen ir. Nuestra permanencia aquí, durante tantos meses, nos ha privado de tener ingresos, ha empobrecido a nuestras familias y les ha causado gran sufrimiento.

----Judío, lo que acabas de decir refleja miedo y susto y demuestra que no tienes fe, ya que no cumples con el verso 16 del salmo 119 que dice "hablaré de tus estatutos a los reyes y no me avergonzaré"----exclamó Jerónimo triunfante.

----Reconozco que hemos fracasado en este debate, pero eso no prueba que nuestra religión es un fracaso. Lo único que demuestra es la incapacidad de los que no hemos sabido defenderla----murmuró Zerahiah, y con eso se dio por terminada la Disputa de Tortosa.

El Papa nos obligó a firmar un documento en el que reconocimos nuestros "errores de fe". Vicente Ferrer continuó dando sermones en las sinagogas. Los cristianos hicieron circular rumores de que todos los rabinos que tomaron parte en la Disputa se habían convertido. Esto provocó tal ola de conversiones que, entre 1412 y 1415, más de 50,000 judíos se bautizaron, algunos forzados, pero la mayoría lo hicieron en forma voluntaria, especialmente los ricos.

Documento № 12

Unos meses después, el Papa Benedicto publicó una bula papal, en la cual prohibió la posesión y el estudio del Talmud, el derecho de los judíos de ejercer la medicina, y el derecho de preparar *matzot*[21] y venderlas. También obligó a los judíos a escuchar semanalmente sermones cristianos y nos prohibió emigrar a otros paises.

La población judía de Castilla y Aragón está desmoralizada, se ha reducido notablemente, y se ha empobrecido económica y espiritualmente.

En la madrugada, cuando despierto y veo la miseria en la que mi familia y yo estamos sumidos, comparo nuestra situación con la prosperidad e influencia de los conversos, y, a veces, últimamente con más y más frecuencia, me pregunto a mi mismo, ¿Por qué necesita mi familia sufrir debido a mi terquedad en querer continuar siendo judío?

Cuando esto sucede, rezo silenciosamente, "Dios de Abraham, Isaac y Jacob, dame la fuerza para no ceder a la tentación y permíteme continuar honrándote y cumpliendo con tus *mitzvot*."

Nota de la traductora
21 Matzot son los panes sin levadura que se comen durante la Pascua judía.

Documento № 13
(15 de mayo, 1422)
Carta escrita por Elijah ben Shabetai, médico personal de Su Santidad, el Papa Martin V, al rabino Astruc ben Abner Ha-Levi de Burgos

Estimado Rabino Astruc ben Abner Ha-Levi

Su Santidad, el Papa Martin V, ha promulgado una bula papal en la cual ordena proteger a los judíos, prohibe el bautizo forzoso y ordena la devolución a las comunidades judías de las sinagogas que les fueron confiscadas. Me ha solicitado que escriba esta nota a todos los rabinos de Castilla para informarles. Adjunto la bula papal.

Que Dios le conceda salud y muchos años de vida.

Elijah ben Shabetai
Médico personal del Papa Martín V

Nota de la traductora

El original del documento cuya traducción va arriba fue escrito en latín. En la parte inferior de la carta hay una adenda escrita en hebreo que no está firmada, pero, comparando la escritura con los documentos 11, 12 y 14, mi conclusión es que la adenda en hebreo fue escrita por el rabino Astruc ben Abner Ha-Levi.

Esta es la traducción de la adenda:
Yo, Astruc ben Abner Ha-Levi, fui miembro de la delegación de judíos de España que se entrevistó con el Papa Martin V.
Elijah ben Shabetai, en su carta, olvidó decir que el Papa promulgó la bula solo después de haber recibido de nosotros como regalo una apreciable suma de doblones de oro, reunida con gran esfuerzo y sacrificio por las comunidades judías de Castilla.
Elijah ignora que las autoridades civiles y clericales de Castilla y de Aragón han hecho caso omiso a la orden del Papa.

Documento № 13

Documento № 14
(23 de abril, 1425)
El arzobispo Pablo de Santamaría
Crónica escrita por Astruc ben Abner Ha-Levi

Nunca pude imaginar, durante mi niñez y mi juventud, que nuestro admirado rabino Salomón, el judío más erudito y piadoso que he conocido, un hombre elocuente y de brillante inteligencia, se convertiría al cristianismo de su propia voluntad. Menos aún pude imaginar que se tornaría en un enemigo implacable y empedernido perseguidor de los judíos.

Santamaría, hay que reconocer, ha hecho una brillante carrera en la iglesia. Después de su conversión estudió teología cristiana en París. El año 1405 fue nombrado Obispo de Cartagena, y, diez años después, en 1415, Arzobispo de Burgos. Vive en un palacio lujoso rodeado de sirvientes. En el año 1406, el rey Enrique III, impresionado por su inteligencia, su erudición y su don de oratoria, lo puso a cargo del sello real y lo nombró Canciller del reino. Cuando el rey murió, Santamaría fue nombrado miembro del Consejo de la Regencia durante la minoría del rey Juan II, de quien había sido tutor.

En el año 1410 Santamaría acusó a quien había sido el médico personal del rey, el rabino Meir Alguades, de desecrar la hostia. Alguades fue torturado hasta que confesó. Fue ejecutado y su sinagoga fue convertida en una iglesia.

En 1412 Santamaría fue el autor de un edicto contra los judíos, promulgado por la reina madre Catalina de Lancaster. El edicto, llamado Leyes de Valladolid, cuyo objetivo era la conversión de los judíos, consta de 24 artículos que incluyen la prohibición de que los judíos trabajemos en artesanías, la prohibición de comerciar en vino, harina, carne y pan, la prohibición de cargar armas, la prohibición de afeitarnos, la prohibición de emigrar a otros paises, y otras restricciones igualmente humillantes, bajo pena de multa y cien latigazos.

Documento Nº 14

Uno de los artículos que prohibía a los médicos judíos tratar a pacientes cristianos provocó protestas no solo entre los judíos sino, principalmente, entre los cristianos. Todo cristiano que valoraba su salud tenía un médico judío privado. Esto causó que el Edicto fuese anulado poco tiempo después.

Mi admiración juvenil a quien yo había conocido como Salomón Ha-Levi, se había trocado, desde hacía ya muchos años, en odio y temor al ahora llamado Su Excelencia Pablo de Santamaría, arzobispo de Burgos y consejero del rey.

No logré disimular el terror que sentí cuando los sirvientes del arzobispo vinieron a mi sinagoga.

----Rabino, Su Excelencia el Arzobispo quiere que usted se presente de inmediato en el palacio arzobispal----me dijeron.

----Pero, ¿por que?----tartamudeé.

----No necesitamos darle explicación, judío. Usted viene ahora mismo con nosotros.

Me llevaron al palacio de Santamaría. El arzobispo estaba en el comedor almorzando, sentado a una mesa en cuyo centro estaba una cabeza de cerdo con una manzana en la boca. Un hombre estaba parado cerca de la ventana cuyo rostro no se podía ver porque estaba de espaldas a nosotros.

----¡Bienvenido, primo Astruc!----el arzobispo me saludó sonriendo, e hizo un gesto con la mano indicándome que me siente. El otro hombre se acercó a la mesa y se sentó junto al clérigo.

Me quede paralizado al reconocer a Jaime, mi hijo mayor.

----Veo que conoces a mi invitado----comentó Santamaría, burlándose al notar mi desconcierto.

Documento № 14

----¿Jaime, que haces aquí?----alcancé a balbucear.

Jaime abrió la boca para contestar pero Santamaría le hizo una señal para que calle.

----Astruc, tengo el honor de presentarte a Vicente de Santamaría, nuestro más flamante cristiano. Esta mañana yo mismo lo bauticé. El joven ha escogido el nombre Vicente para honrar al gran predicador Vicente Ferrer y el apellido Santamaría para honrar a este humilde servidor de Nuestro Señor Jesucristo.

No contesté, y salí corriendo. Al llegar a mi casa me desgarré la ropa, me eché ceniza en la cabeza y me senté en el suelo. Fortuna, mi esposa, me miró asustada.

----¿Por qué estás sentado *shiva*[22], Austruc? ¿Quién, Dios nos libre, ha fallecido?

----Estoy sentado *shiva* por Jaime----le contesté llorando.

----¿Lo han asesinado?

----No, no lo han asesinado. Es peor que eso. Se ha convertido al cristianismo.

Fortuna se desgarró la ropa y se sentó a mi lado. Así estuvimos todo el día, tomados de la mano, sentados en el suelo, sin comer ni beber.

Nota de la traductora
22 *Shiva* (palabra derivada de "siete" en hebreo) es el duelo intenso en el judaísmo que dura siete días por la muerte de un pariente cercano.

Documento № 14

Nunca volví a ver a Jaime, y prohibí que se mencione su nombre en mi casa. Dos años después, cuando el arzobispo Santamaría me envió una invitación para asistir al matrimonio de su nieta Rosaura con don Vicente de Santamaría en la Catedral de Burgos, la quemé.

Documento № 15
(13 de febrero, 1429)
Nota respecto a los conversos, escrita por Astruc ben Abner Ha-Levi

Mi reacción inicial, hace cuatro años, cuando mi hijo Jaime se convirtió al catolicismo, fue un profundo sentimiento de vergüenza.

El hecho de que yo, el rabino de una sinagoga en Burgos, hijo y nieto de rabinos, tuviese un hijo cristiano, me hacía pensar que la comunidad, aunque por cortesía no lo demostrase, me despreciaba y se burlaba de mí a mis espaldas.

Dejé de sentir vergüenza cuando me di cuenta de que no había una sola familia judía, no solo en Burgos sino en todo Castilla y Aragón, que no tuviese, un hijo o hermano convertido, pero el sentimiento de tristeza nunca me abandonó.

Los conversos, por su condición de cristianos, están liberados de las limitaciones impuestas a los judíos. Esto les ha permitido prosperar inmensamente.

Muchos de ellos hoy ocupan puestos de gran importancia en la corte, en la Iglesia y en el ejército. Sus éxitos se deben a su talento, pero también en gran parte a la educación que recibieron cuando aún eran judíos.

A diferencia de la población no judía, son muy pocos los conversos analfabetos. Las familias nobles resienten a los conversos por haber ascendido socialmente con tanta rapidez. El populacho les tiene envidia por su prosperidad. Hablan de ellos despectivamente, llamándolos "marranos".

Hay que reconocer que algunos conversos merecen la antipatía que les tienen los nobles y el pueblo. No son pocos

Documento № 15

los conversos que proclaman con arrogancia su ascendencia judía, diciendo "somos del linaje de Cristo".

Conozco un caso, el de un converso de Burgos a quien yo había conocido cuando él aún era judío, que suele contar muy ufano que, cuando recita la plegaria cristiana "Ave Maria", siempre la termina con las palabras, "Ruega por nosotros Virgen Maria, Madre de Dios y pariente mía."

Los conversos, incluyendo los que se bautizaron por convicción, conservan en la primera generación, elementos culturales pertenecientes a su ascendencia judía, como, por ejemplo, considerar el sábado, no el domingo, como el día de descanso.

Debido a que nadie se está tomando el trabajo de enseñarles la doctrina y los dogmas cristianos, los conversos no tienen mucho conocimiento de su nueva fe; no conocen el credo e ignoran que no se debe comer carne en Cuaresma.

Lo que la Iglesia considera herejías, en realidad son simplemente vestigios que les quedan de costumbres judías.

Muchos conversos continúan viviendo en nuestra vecindad, visitan los hogares de sus parientes judíos, rezan con frecuencia en las sinagogas, y contribuyen dinero a las sinagogas y escuelas judías. Judíos y conversos se invitan mutuamente a comidas en sus casas.

Los judíos mantienen informados a los conversos de las fechas de nuestras festividades religiosas. Esto ha ocasionado que los curas en las iglesias den sermones contra los judíos acusándonos de ser una influencia malefica sobre los conversos.

No creo que la Iglesia continúe tolerando esta situación. Pronto llegará el día cuando las autoridades eclesiásticas hagan todo lo posible para impedir que continúen las relaciones entre los conversos y sus familiares judíos. Y, como dice la frase popular, los que que "van a pagar el pato"[23] no son los conversos sino los judíos.

Nota de la traductora
23 Según la Real Academia la frase popular *Pagar el pato* significa sufrir las consecuencias de una decisión o de una acción ajena.

El origen de la frase, como lo explica el erudito José María Irribarren en su obra clásica, publicada en 1955, *El porqué de los dichos. Sentido, origen y anécdota de los dichos, modismos y frases proverbiales de España con otras muchas curiosidades,* se inició como una expresión anti-judía de burla que usaban los españoles cristianos contra sus compatriotas judíos.

Los españoles, sabiendo que los judíos declaraban tener, según el Antiguo Testamento, un pacto (*brit,* convenio) con Dios, y, considerando que esa creencia era una presunción insolente que debía ser castigada, acuñaron la frase "Aquí pagaréis el pacto", (pronunciado *pato*, en castellano antiguo).

Esa no era la única mofa que hacían los españoles de los judíos. También los acusaban con sorna de adorar en sus sinagogas a una vaca, usando la palabra *Torá* para denotar a la *Torá,* hembra del toro.

Documento № 15

Documento № 16
(19 de junio, 1430)
Carta escrita por Astruc ben Abner Ha-Levi a su primo, Abraham Benveniste

Respetado primo

Te escribo para compartir contigo las conclusiones a las que he llegado respecto a los motivos de la conversión al catolicismo de decenas de miles de nuestros hermanos judíos. En mi opinión, las conversiones no son el producto de convicción religiosa, o de un momento de debilidad espiritual, sino que se deben a la gradual desintegración religiosa, social e intelectual de nuestra comunidad.

Dos causas principales han motivado las conversiones. La primera es la sustitución del estudio de nuestros libros sagrados por la filosofía secular. La segunda es el deseo de muchos judíos de asimilarse por completo a la sociedad española, y escapar así de la discriminación y de la persecución.

Estimado Abraham, tú eres el rabino principal de Castilla, y encargado de las finanzas públicas del reino. Eres el judío más importante de España, respetado, admirado y apreciado tanto por la comunidad judía como por el rey.

En tus manos está detener la ola de conversiones y reconstruir la vida judía en España. Sugiero que convoques a los representantes de las comunidades judías de Castilla para decidir las medidas que debemos tomar para renovar lo que en el pasado fue vibrante vida judía en este país.

Te saluda quien se honra en ser primo tuyo

Astruc

Documento № 16

Documento № 17
(2 de diciembre, 1432)
Las Ordenanzas de Valladolid
Informe escrito por Astruc ben Abner Ha-Levi

Me siento orgulloso de haber sido yo quien le dio la idea a Abraham Benveniste, el Rabino Mayor de Castilla y tesorero del rey, de convocar a los representantes de las comunidades judías de Castilla para decidir las medidas que debemos tomar para renovar nuestra vida judía.

Rabinos, eruditos y hombres prominentes de todas las aljamas de Castilla nos reunimos en la sinagoga principal de Valladolid bajo la presidencia de Benveniste. Después de muchas deliberaciones y discusiones aprobamos una serie de ordenanzas, a las que llamamos *Taqqanot,* que redactamos en castellano con letras hebreas, y que serán obligatorias para todas las aljamas.

Las ordenanzas incluyen: promover el estudio de la Torá, observar las leyes judías más estrictamente, elegir jueces que nos defiendan de las denuncias falsas, y regular la recaudación de impuestos. También incluyen varias prohibiciones: prohibido recibir exenciones individuales de los impuestos, prohibido apelar a las cortes seculares o eclesiásticas en las disputas entre judíos, prohibido usar vestimenta ostentosa (Benveniste usa solo ropa negra cuando va a la corte), prohibido tener lujos superfluos en nuestras casas.

Estas ordenanzas fueron presentadas al rey para que las revise y las autorice. Es la primera vez que un rey europeo ha ratificado una ley judía, deliberada y promulgada por los mismos judíos. Esto equivale a un reconocimiento tácito de la legitimidad de la religión judía en Castilla, y nos da la estabilidad necesaria para que podamos recobrarnos de los ataques teológicos y violentos que hemos sufrido en las recientes décadas.

Documento № 17

La vida me ha enseñado a no ser demasiado optimista. El odio que los clérigos y el populacho sienten hacía los judíos está demasiado arraigado como para que nos permitan vivir en paz y cumplir con los preceptos de nuestra religión. Tarde o temprano, las *Taqqanot* no serán suficientes y tendremos que buscar otras soluciones para poder sobrevivir.

Los conversos también son blanco de odio. El hecho de que continúan en contacto con sus familias y que los clérigos saben que, en la mayoría de los casos, las conversiones no fueron sinceras sino forzadas, es causa de desconfianza y sospecha. La prosperidad que los conversos han alcanzado y el éxito de muchos de ellos que hoy ocupan altos puestos en la administración del gobierno, en el ejército, e incluso en la Iglesia, ocasionan envidia y resentimiento.

Si la situación no cambia, el odio a los conversos excederá al odio que el populacho siente a los judíos.

Documento № 18
(5 de mayo, 1438)
Carta a mi madre Fortuna, escrita por Vicente de Santamaría

Querida madre

Haber podido verte, hablarte, abrazarte, besarte, y escuchar de tus labios que aún me consideras tu hijo, me causó una gran felicidad, a pesar de la tristeza que sentí ayer durante el entierro de mi padre Astruc, bendita sea su memoria.

Sé que mi padre te prohibió verme durante todos estos años, pero no siento resentimiento hacía él, ya que comprendo que su profunda fe judía le dio motivo para considerarme un apostata, un hereje.

Querida madre, yo no me considero apóstata ni hereje. Las largas conversaciones que tuve con quien tú conociste como rabino Salomón, hoy conocido en todo el reino como Pablo de Santamaría, arzobispo de Burgos, miembro del Consejo Real y tutor del rey Juan II durante su niñez, me hicieron entender que Jesucristo, el Hijo de Dios, es el Mesías cuya venida esperamos tanto los cristianos como los judíos. La única diferencia entre las creencias de las dos religiones es que los cristianos sabemos que el Mesías ya nos visitó una vez mientras que los judíos creen que hasta ahora no ha venido.

Pero, no te estoy escribiendo para hablar de teología.

Ayer, cuando volvimos del cementerio a tu casa, al verte sentada con mis hermanos en el suelo, con la ropa rasgada, rodeada de la gente de tu comunidad que te consolaban, no tuve la posibilidad de contarte de mí, de mi mujer y de tus nietos que, aunque viven en la misma ciudad, a poca distancia de la judería, tú no conoces.

Documento № 18

Me senté a tu lado, pero mi hermano Ezequiel, entre dientes, me pidió que me marche, que no soy bienvenido. No quise causar problemas, te di un beso y me fui.

Quiero decirte en esta carta todo lo que hubiera querido contarte personalmente.

Comenzaré con Rosaura, mi esposa, la nieta del arzobispo Pablo de Santamaría. Te la describiré. Es de regular estatura, algo más baja que yo. Su cabello es oscuro y, generalmente, lo tiene trenzado. Su piel es clara, sus ojos son negros. El día que la conozcas, que ojalá sea pronto, que no te engañe su mirada lánguida. Rosaura es una mujer enérgica, decidida y muy estricta. Sus doncellas de limpieza, los cocineros, las lavanderas y los cocheros no solo la respetan sino que le tiemblan más a ella que a mi, ya que, por amarga experiencia, saben que si no hacen bien sus labores, Rosaura no tiene reparos en hacerlos azotar.

Rosaura es profundamente devota, va a misa todos los domingos y se confiesa con tanta frecuencia que yo le bromeo que, debido a que le faltan pecados, tiene que inventarlos para que el Padre Diego, su confesor, no se desilusione. Me ha dado dos hijos, Gonzalo y Fernando, y una hijita, Carlota, dueña de mi corazón. Los tres niños, estarán encantados de saber que tienen una abuela.

No quisiera que pienses que estoy alardeando, pero la casa donde residimos, (un obsequió del arzobispo Santamaría con motivo de nuestra boda), es tan grande que toda tu casa podría caber cómodamente en nuestro salón de recepción. Está situada en el mejor barrio de la ciudad, frente al lugar donde el rio Arlanzón desemboca en el río Arlanza. Mis hijos se divierten pescando cangrejos en la ribera del río, que nuestros cocineros saben preparar deliciosamente.

Documento № 18

Me he acostumbrado a ir a la iglesia todos los domingos. Lo hago, no solo porque es mi obligación como converso, sino también para escuchar los sermones del arzobispo Santamaría.

Su elocuencia, su erudición y su devoción a Jesús y a la Virgen Maria no tienen igual en todo Aragón y Castilla. ¡Afortunados somos los que lo escuchamos!

Es curioso que ningún sacerdote, ningún fraile, incluyendo los dominicos que tan ardientemente continúan empeñados en que los judíos se conviertan, se han tomado la molestia de enseñarnos a los conversos lo que es el cristianismo, su teología y sus rituales. Durante años yo miraba lo que hacían los otros feligreses, y hacía lo mismo que ellos. Cuando ellos se arrodillaban, yo me arrodillaba. Cuando ellos se paraban, yo me paraba. Cuando ellos se persignaban, yo me persignaba.

En la ceremonia de la Eucaristía el sacerdote nos da a comer el pan consagrado que representa el cuerpo de Jesús y nos da a beber el vino que representa la sangre de Cristo. Yo, al igual que todos los cristianos, lo como y lo bebo, pero, la primera vez que lo hice me sentí secretamente como un caníbal simbólico.

Me tomó tiempo aceptar que el pan consagrado y el vino son realmente el cuerpo y la sangre de Jesucristo. Lo que aun no logro entender es que, aunque Dios es Uno, como dicen los judíos, Dios también es Tres, la Santa Trinidad, como dicen los cristianos.

Quiero relatarte una anécdota que espero te cause risa. Rosaura, durante nuestro primer año de casados, notó un día, durante el desayuno, que yo rechazaba la comida y la bebida que me ofrecía la criada. Esto es extremadamente raro en mi, ya que realmente gozo comiendo y bebiendo, (mi corpulencia te lo debe haber indicado). Rosaura se alarmó creyendo que yo estaba enfermo.

----Amor, ¿Qué te ocurre? Te veo nervioso, no comes, no bebes. ¿Quieres que haga traer a Ishai ben Matitiahu? Es el mejor médico que tenemos en Burgos----me dijo Rosaura, preocupada por mi salud.

----Gracias, querida, pero no es necesario. No estoy enfermo. Lo único que ocurre es que hoy no tengo apetito ni sed----le contesté.

La realidad es que era el día de *Yom Kippur*[24] y, debido a que yo sentía la compulsión de ir a la Sinagoga para pedir perdón de Dios, me fue imposible ese día ingerir un bocado o tomar un vaso de agua.

Tuve ese mismo sentimiento los siguientes años en el día de *Yom Kippur*. Rosaura, finalmente, se dio cuenta de que mi inapetencia ocurría el día que los judíos celebran una importante fiesta religiosa y que esto no era una coincidencia. Asustada, me condujo de la mano a nuestro dormitorio, cerró la puerta con llave, y me habló en susurros.

----Vicente, se que no tienes ganas de comer ni de beber porque hoy es el día cuando los judíos ayunan. Tú ya no eres judío, y no tienes porque cumplir con esos rituales. Si alguien se entera y te denuncia como hereje, las consecuencias serían terribles para ti, para mi y para nuestros hijos. ¡Piensa en ellos, Vicente! Debes regresar inmediatamente al comedor, y comer y beber con alegría. Yo me las ingeniaré para que todos te vean.

Nota de la traductora
24 *Yom Kippur,* el Día del Perdón, es la festividad religiosa más solemne agrado en el calendario hebreo. Cae generalmente a fines de setiembre o principios de octubre. Los judíos en la Sinagoga piden perdón a Dios por los pecados cometidos, y Dios, de acuerdo a la creencia judía, los juzga ese día y decide a quien premiar y a quien castigar.

Documento № 18

Rosaura tenía razón. Unos meses antes, un conocido mío había sido acusado por uno de sus sirvientes de continuar practicando los ritos judíos. El cura lo denunció en un sermón, el rey lo destituyó del alto cargo que tenía en la administración del reino, y le confiscó su casa y su fortuna.

En confidencia, quiero decirte que no todos los conversos son cristianos sinceros. Hay algunos que, aunque asisten semanalmente a misa y bautizan a sus hijos, continúan secretamente cumpliendo con los rituales de la religión judía, a pesar del gran riesgo que corren.

Me siento muy orgulloso de poder decirte que el rey me ha nombrado responsable de recaudar los impuestos en el reino. Este puesto era ocupado antes por judíos, que también se desempeñaban en otros altos cargos en la administración real. Todos los judíos, o casi todos, han sido reemplazados por conversos, o, como ahora nos llaman, "cristianos nuevos".

Debo reconocer que los conversos también tenemos problemas. La envidia y la inquina que el populacho siente hacia los judíos ahora también lo siente hacia los cristianos nuevos. Nos acusan de habernos convertido, no por convicción, sino por conveniencias sociales, económicas y políticas.

Mi hermano Ezequiel me dio claramente a entender que no me permitirá entrar a tu casa. ¿Tal vez puedas visitarnos secretamente sin que Ezequiel se entere? Así conocerías a tus nietos.

Recibe el amor y la devoción de tu hijo que siempre te ha querido, y que reza por tu salvación.

Vicente

Documento № 18

Documento № 19
(12 de agosto, 1449)
Copia del informe de Vicente de Santamaría al Rey Juan II, respecto a los disturbios en Toledo contra los conversos

Muy alto, católico y muy poderoso rey, nuestro señor

Vuestra Alteza tuvo a bien enviarme a Toledo para averiguar cuales fueron las causas y quienes son los responsables de los recientes disturbios en esa noble ciudad.

Debido a la necesidad de financiar la guerra con Aragón, el condestable Álvaro de Luna, quien preside el Consejo de Castilla, impuso a la ciudad de Toledo, en nombre de Vuestra Alteza, el pago de un impuesto de un millón de maravedís, y encargó el cobro a Alonso Cota, un recaudador converso. Los ciudadanos de Toledo se opusieron violentamente al pago por considerarlo desmesurado e injusto.

Pedro Sarmiento, a quien Vuestra Alteza había destituido del Consejo de Castilla en favor de Álvaro de Luna, y nombrado alcalde mayor de Toledo, encabezó el 5 de junio de 1449 una revuelta contra los conversos, a quienes envidiaba por su florecimiento económico y político. Los acusó de idolatría y herejía. A la cabeza de una turba, apoyado por varios canónigos, saqueó e incendió el barrio de la Magdalena, habitado por judíos y conversos. Luego, promulgó un "Estatuto de Limpieza de Sangre", que está siendo adoptado por los municipios de numerosas otras ciudades del reino.

El Estatuto diferencia a los conversos, los llamados "cristianos nuevos" de los "cristianos viejos" y los priva de varios derechos y privilegios, basándose en un concepto nuevo, "la limpieza de sangre" o "sangre sin mezclas".

Documento № 19

Ese concepto crea dos tipos de cristianos, los que lo son de nacimiento y los que lo son por conversión de ellos mismos, o de sus padres y hasta de sus abuelos o antepasados más lejanos.

Los cristianos nuevos continúan siendo objeto de la envidia y del odio de los cristianos viejos. Los judíos, por su parte, consideran traidores a los conversos.

Vuestro humilde servidor

Vicente de Santamaría

Documento № 20
(12 de agosto, 1454)
Conversación que tuve con Alfonso de Santamaría, obispo de Burgos, por Vicente de Santamaría

Mi mentor y padrino de bautismo, el arzobispo de Burgos, Pablo de Santamaría, abuelo de mi esposa Rosaura, falleció en el año 1435. Poco tiempo después, su hijo Alfonso, habido de su mujer legítima antes de convertirse al cristianismo, fue nombrado obispo de Burgos.

El nombramiento de Alfonso a tan alto puesto no se debió al hecho de que Alfonso era hijo de Pablo, sino a su inteligencia, devoción y brillante carrera. Alfonso estudio leyes en la Universidad de Salamanca, luego fue nuncio apostólico. El rey lo nombró embajador en Portugal, donde, gracias a sus dotes de diplomático, logró evitar una guerra entre los dos reinos. En el año 1438 fue enviado a Breslau donde persuadió al rey de Polonia y al rey de Alemania a firmar la paz entre ellos.

Su perfecto dominio del latín le ha permitido traducir las obras de Cicerón al idioma castellano. Tuvo una cordial disputa por correspondencia con Pietro Aretino acerca de la traducción que el escritor italiano había hecho de la *Ética* de Aristóteles. También ha compuesto tratados de filosofía y teología.

Decidí consultar con el obispo Alfonso un tema que me preocupa. Se trata de un concepto, recientemente inventado, de "limpieza de sangre." Este novedoso concepto ha creado dos tipos de cristianos, los que lo son de nacimiento y los que lo son por conversión, sea de ellos mismos o de sus antecesores.

La "limpieza de sangre" establece discriminaciones contra los conversos y sus descendientes, ya que considera que una persona con sangre judía es inferior y no merece confianza.

Documento № 20

Solicité del obispado que me concedan una entrevista con el obispo Alfonso, solicitud que fue aceptada.

----Su Excelencia, quiero agradecerle por haberme recibido----le dije, besándole la mano.

----Es un placer verte, Vicente. ¿Cómo está mi sobrina Rosaura? ¿Cómo están tus hijos? Cuando los veo en la Iglesia, me impresiona su devoción. Pero, dime, ¿en que te puedo ser útil?

----Rosaura y mis hijos están muy bien, Su Excelencia. He venido para escuchar su opinión acerca del concepto de "limpieza de sangre" y la diferenciación que hace entre cristianos nuevos y cristianos viejos. Es un tema que me preocupa ya que me afecta personalmente----le dije.

----Yo soy un converso, hijo de un judío converso, y como tal, igual que tú, también yo soy cristiano nuevo. Esa diferenciación entre cristianos contradice el principio teológico establecido en la Biblia de que todos los creyentes en Jesús somos iguales ante Dios. *"Ya no hay judío ni griego, esclavo ni libre, hombre ni mujer, sino que todos ustedes son uno solo en Jesucristo,"* escribió el apóstol Pablo. Aparte de que es una clasificación absurda, ya que en los últimos mil años se han convertido al cristianismo en España cientos de miles de judíos y musulmanes, y es dudoso que exista algún cristiano viejo que no tenga un antepasado judío o musulmán. Espero que esta diferenciación desaparezca lo más pronto posible----me contestó el obispo.

----También quisiera saber lo que piensa Su Excelencia acerca de los bautizos forzados. Yo estaba bajo la impresión de que la Iglesia no reconoce la legitimidad de las conversaciones que son forzadas y no voluntarias.

----Es cierto lo que dices. Así lo declaró el Papa Calixto II, en el año 1120, en su encíclica *Sicut Judeis,* pero, querido

Vicente, *Tempora mutantur,* los tiempos cambian. Las nuevas reglas de la Iglesia diferencian entre el forzamiento absoluto y el forzamiento condicional. El forzamiento absoluto es cuando el judío es agarrado físicamente por una o más personas y no puede evitar que lo bauticen con el agua bendita. En este caso la Iglesia no reconoce que ha sido legalmente bautizado. El forzamiento condicional es cuando a un judío se le amenaza con matarlo si no acepta ser bautizado. En este caso el judío puede ejercer su libre albedrío y escoger una de las dos alternativas, morir o ser bautizado. Si escoge ser bautizado, la conversión es irreversible----me explicó el obispo.

Le agradecí, le besé la mano y me despedí de él.

Documento № 20

Documento № 21
(18 de diciembre, 1467)
Comentario confidencial del libro *Fortalitium Fidei* de Alfonso de Espina, por Vicente de Santamaría

La semana pasada compré el libro *Fortalitium Fidei* y ayer lo terminé de leer. Lo compré por dos razones. La primera es que el libro, entre otros temas, tiene un capítulo que enseña como identificar a los "conversos traidores", frase con la cual el autor se refiere a conversos que continúan practicando el judaísmo en secreto. Tengo amigos que están en esa categoría y lo que he leído en el libro de Espina me servirá para aconsejarles que tomen precauciones.

La segunda razón por la cual compré el libro es que conozco a. Alfonso. Él, igual que yo, nació en Burgos, y durante su niñez iba con su padre a la sinagoga donde mi padre Astruc ben Abner Ha-Levi, (bendita sea su memoria) era el rabino.

Ambos nos convertimos al cristianismo en la misma época, pero con una diferencia. Yo lo hice principalmente por conveniencia y no debido a una convicción.

Alfonso se convirtió sinceramente, (tal vez más apropiado sería decir "fanáticamente"). Estaba convencido de que la religión cristiana es la verdadera y que Jesús es el Mesías Hijo de Dios. Dejamos de vernos debido a que yo permanecí en Burgos, mientras él tomó los hábitos franciscanos e ingresó al monasterio de Valladolid.

Su erudición y elocuencia contribuyeron a darle fama de gran predicador. Luego, fue rector de la Universidad de Salamanca. En 1455 fue nombrado confesor del rey.

Documento Nº 21

En su libro Alfonso declara que la fe cristiana tiene cuatro enemigos: los herejes, los judíos, los moros y los demonios. El libro tiene cinco partes. La primera parte va dirigida contra los que niegan la divinidad de Cristo, la segunda es contra los herejes, la tercera es contra los judíos, la cuarta es contra los musulmanes, y la quinta es contra los demonios.

El autor enumera veinticinco transgresiones por las cuales se puede identificar al converso judaizante. Entre ellas están haberse circuncidado, trabajar los domingos, evitar persignarse, no mencionar nunca a Jesús o a la Virgen Maria, robar hostias con propósitos sacrílegos, comer cordero en la Pascua, e ir con poca frecuencia a misa.

La solución que Alfonso sugiere para evitar que los conversos recaigan en sus errores pasados es aislarlos y segregarlos, y, si son recalcitrantes, juzgarlos, y quemarlos vivos.

Respecto a los judíos, Alfonso los acusa de toda clase de crímenes imaginables y no imaginables, y los culpa de causar una epidemia de peste en Valladolid. La solución ideal, según él, para evitar que los judíos induzcan a los conversos a cumplir con los ritos judíos, es expulsarlos del país.

El capítulo más interesante del libro es el que trata de los demonios, a los que clasifica en diez tipos distintos. Según Alfonso, el número de ángeles que se sublevaron junto con Lucifer es 133,306,668 pero no explica como llegó a ese número tan preciso.

Adenda dos meses después, 19 de enero, 1468:

Debido a que la semana pasada tuve que viajar a Valladolid para cobrar unas rentas, y a que la lectura del libro me había recordado nuestra amistad de juventud, decidí aprovechar la oportunidad para saludar a Alfonso de Espina. Las cobranzas y otras diligencias me tomaron tres días, pero el cuarto día fui a visitarlo. Me reconoció de inmediato, y me recibió con un abrazo afectuoso. Me invitó a almorzar con él en el convento.

Durante la comida (más apropiada por su abundancia y calidad para un palacio que para un monasterio franciscano) me contó anécdotas de su lucha contra los herejes.

----Un barbero declaró que creía solo en Dios, y no en Jesús. El cliente, a quien el barbero estaba afeitando, escuchó la blasfemia, y lo denunció al cura de la parroquia. Este se lo contó al obispo, y finalmente me lo contaron a mí. Conseguí que lo condenaran a prisión perpetua.

Me miró para ver mi reacción, pero yo me limité a sonreír sin expresar comentarios. Espina me siguió contando.

----Un converso circuncidó a su hijo, y, cuando lo trajeron a mi presencia, tuvo el descaro de decirme que Jesús también había sido circuncidado. ¿Te puedes imaginar tal impudencia?

Para cambiar el tema de la conversación que me estaba resultando incómoda, le dije que había leído su libro, y que me había parecido sumamente interesante y muy bien escrito.

A juzgar por su respuesta a mis elogios, Espina no es un típico ejemplo de humildad franciscana.

----Vicente, no me extraña que hayas disfrutado de mi libro. Todos los que lo leen lo aclaman y dicen que es una obra maestra. Hoy es sábado, el día ideal para demostrarte como descubro conversos judaizantes. Ven, hagamos un pequeño paseo.

Caminamos hasta llegar a una plaza donde había una iglesia. Entramos, nos persignamos y Alfonso me indicó que debíamos subir al campanario. Desde allí contemplamos los techos de las casas de la ciudad.

----Observa con cuidado y dime que es lo que ves y que es lo que no ves----me dijo Alfonso.

----Veo techos y chimeneas de donde sale humo. Evidentemente las mujeres están cocinando----le dije.

----¡Muy bien! Eso es lo que ves. Ahora dime que es lo que no ves.

----Perdóname, pero no entiendo a que te refieres.

----¿Ves esa casa allá y esa otra en la esquina?----me preguntó sonriendo.

----Las veo----le contesté----¿Qué tienen de especial?

----No sale humo de sus chimeneas. ¡La gente que vive allí no está cocinando porque es sábado! ¿Ves que fácil es encontrar judaizantes?

No le contesté. Se quedó mirándome, y me dijo algo que me heló la sangre.

----Cuídate Vicente, y dile a tus amigos que se cuiden. Créeme que no hay secretos, como gusta decir mi discípulo Tomás de Torquemada----me advirtió Alfonso. Su tono era cordial, pero la amenaza era clara.

Documento № 22
(5 de enero de 1479)
Carta de Vicente Santamaría a su hijo Gonzalo

Querido Gonzalo

Tu amistad con tu primo, el rabino Abner, hijo de mi hermano Ezequiel, me causa una enorme preocupación, especialmente desde que hace dos meses los reyes Fernando e Isabel establecieron el Tribunal del Santo Oficio de la Inquisición para identificar y castigar a los herejes que se convirtieron del judaismo y del Islam al catolicismo, pero que persisten en cumplir los rituales de su religión anterior.

Los reyes han nombrado Inquisidor General al fraile dominico Tomás de Torquemada, que tiene como ayudante a Diego de Deza. Ambos clérigos tienen merecida reputación de ser fanáticos, crueles y enemigos a muerte de los conversos, a pesar de (o tal vez debido a) que los dos tienen antecesores judíos.

He escuchado de muy buenas fuentes que para ellos es sospechoso el hecho de que un converso tenga relaciones con judíos, especialmente si son parientes, como es el caso de tu primo judío Abner. Celebrar las fiestas religiosas judías, asistir a la sinagoga, escuchar sermones de los rabinos, guardar el sábado, ayunar, rezar oraciones judías, tener en la casa libros litúrgicos hebraicos, son herejías que conducen a juicios y, muchas veces, a la pena de muerte.

La Inquisición no tiene jurisdicción sobre los judíos ya que ellos no son católicos, pero sí la tiene sobre los conversos como tú y yo. A tu primo Abner no lo pueden juzgar pero a ti sí.

Documento № 22

Quiero contarte el caso de Bernardo Forca, que espero te sirva de advertencia. Ocurrió cuando tú estudiabas en la Universidad de Salamanca, por lo cual no te enteraste. Ese hombre era un converso que fue invitado por una pareja judía a cenar en su casa en la judería. Su anfitrión, antes de cenar, bendijo el vino y el pan en un idioma que Bernardo no entendía. Después de cenar, el judío llevo a Bernardo a visitar la sinagoga. Abrió un gabinete donde guardaba el rollo de la Torá, lo beso e indujo a Forca a hacer lo mismo. Regresaron a la casa, donde Forca, emocionado, abrió su faltriquera, sacó una moneda de oro y se la dio al judío, diciendo, "Compra con esta moneda aceite para la lámpara de la sinagoga".

Para no hacerte larga la historia, el obispo de la ciudad se enteró de ese incidente. Arrestaron a Forca y al judío. Al judío, lo acusaron de intentar judaizar al converso, y al converso lo acusaron de judaizante.

Forca, interrogado por la Inquisición, declaró que había entrado a la sinagoga solo por curiosidad y no por razones religiosas. Ese argumento no convenció a los inquisidores y continuaron torturándolo hasta que el acusado confesó que había besado la Torá.

El judío fue afortunado ya que solo recibió azotes, pero Bernardo Forca fue enviado a la hoguera.

Te ruego hijo mío que tomes muy en serio esta advertencia. Es realmente una cuestión de vida o muerte.

Tu padre

Vicente

Documento № 23
(14 de mayo de 1484)
Carta de Gonzalo de Santamaría
a su primo Abner ben Ezequiel

Querido Abner

Te escribo para despedirme de ti. Mañana moriré en la hoguera de un auto de fe. Esta carta, que he escrito en la prisión, te la entregará personalmente mi esposa Cristina. Ella también es fiel creyente en el Dios de Abraham, Isaac y Jacob.

Antes de relatar los hechos que me han conducido a esta situación, quiero, nuevamente, expresar mis humildes gracias a Dios por el amor fraternal que nos ha unido, querido Abner, a pesar del distanciamiento que existía entre mi padre Vicente y mi tío Ezequiel, tu padre, benditas sean sus memorias. Es, gracias a ti, que me inspiraste con tu ejemplo y tus enseñanzas, que yo he retornado a la religión de mis antepasados.

Como tú sabes, el Tribunal del Santo Oficio de la Inquisición fue establecido en 1478, hace seis años, por el rey Fernando II de Aragón y su esposa la reina Isabel 1 de Castilla, para investigar las prácticas judaizantes de los conversos. Tomás de Torquemada, un presbítero dominico, confesor de la reina, fue nombrado Inquisidor General en 1483. Es irónico que Torquemada, que tiene antecesores judíos, es hoy el más grande enemigo de los conversos y de los judíos.

Uno de los primeros actos de Torquemada fue nombrar inquisidor de Aragón a Pedro Arbués[25], un presbítero agustino.

Nota de la traductora
25 Pedro Arbués es considerado mártir y santo por la Iglesia Católica. Fue beatificado en el año 1662 y canonizado en 1867. Está sepultado en una espléndida tumba en la catedral de Zaragoza.

Documento Nº 23

El municipio de Teruel le negó la entrada a la ciudad, y Arbués respondió excomulgando a los magistrados y a todos los habitantes.

Los clérigos de Teruel pidieron al Papa que revocase la excomulgación. Al mismo tiempo, escribieron al rey diciendo que en Teruel no había herejes, y si los hubiera se les debería tratar con argumentos, amonestaciones y persuasión, y no con violencia.

El rey no se dejó persuadir y envió tropas que obligaron a las autoridades a aceptar y ayudar al inquisidor.

Arbués empezó de inmediato su labor de descubrir herejes. Poco tiempo después llevó a cabo varios autos de fe con confesiones que consiguió mediante torturas. Los conversos de Aragón le solicitamos que no de pena de muerte a los condenados, pero el inquisidor no nos hizo caso.

Decidimos pasar a la acción y tramamos una conspiración para matar a Arbués antes de que él nos mate a nosotros. Dos veces fracasamos en el intento, pero la tercera vez, en la noche del 14 al 15 de setiembre de 1485, mientras el inquisidor rezaba arrodillado ante el altar mayor de la Catedral de Zaragoza, ocho conversos lo acuchillaron. Debajo del hábito llevaba una cota de malla, pero eso no lo salvó ya que los asesinos lo apuñalaron en el cuello, y, a consecuencia de esas heridas, el inquisidor murió dos días después.

Los asesinos escaparon de la Catedral, pero su error fue no haber previsto que el asesinato de Arbués causaría indignación en todo el reino y acrecentaría el odio del populacho y de los nobles a los conversos y a los judíos. Conversos de familias distinguidas y prominentes, incluido yo entre ellos, fuimos acusados de ser cómplices e instigadores. Nos arrestaron y torturaron hasta que, tanto los inocentes como los culpables, confesamos ser autores del crimen.

Documento № 23

Hasta este momento, ocho de los arrestados han sido quemados vivos en la hoguera. A uno de mis compañeros le cortaron las manos y las clavaron en la puerta del municipio. Luego, fue arrastrado hasta la plaza del mercado, donde lo decapitaron, lo descuartizaron, y colgaron los trozos de su cuerpo en las calles de Zaragoza.

Dos de mis amigos se suicidaron, cuatro fueron castigados por ser complices, y dos, que lograron escapar a Francia, fueron quemados en efigie.

Uno de los dos que se suicidaron fue Francisco de Santa Fe, hijo de Jerónimo de Santa Fe, el apóstata a quien los cristianos llaman "el apóstol de Tortosa". Rompió una lámpara de cristal y tragó los fragmentos. Su cadáver fue quemado en la hoguera.

¿Qué habría dicho nuestro abuelo Astruc, cuando defendía nuestra religión contra las calumnias de Jerónimo de Santa Fe en la disputa de Tortosa, si hubiese sabido que el hijo del apóstata moriría como un mártir judío?

Una pregunta aún más apropiada es, ¿Qué habría dicho Jerónimo de Santa Fe, enemigo acérrimo de los judíos, si hubiese sabido que su hijo moriría defendiendo la religión judía?

Quiero asegurarte que, a pesar de las torturas, no he abjurado de nuestra fe. Mañana me quemarán en la hoguera, pero yo voy tranquilo y feliz a mi muerte, sabiendo que así honro a Dios.

Reza por mí.

Tu primo Gonzalo

Documento № 23

Documento № 24
(13 de junio de 1485)
Nota leída en la sinagoga de Burgos por el rabino Abner ben Ezequiel Ha-Levi

Queridos hermanos y hermanas:

Los he convocado para comunicarles algo de suma importancia, pero, antes de hacerlo, quiero que quienes estén cerca de la puerta y de las ventanas de la sinagoga, se aseguren de que estén cerradas para que no nos puedan escuchar desde la calle.

Quiero informarles que ayer el representante de la Inquisición en Burgos me hizo llamar. Me despedí de mi esposa e hijos, todos nosotros llorando, ya que quien es llamado por la Inquisición rara vez vuelve.

Me sorprendió que, cuando estuve frente a él, me invitó a sentarme y me habló con una cortesía a la que yo no estaba acostumbrado.

----Rabino Abner, mi presencia en Burgos tiene como finalidad descubrir conversos que son judaizantes. Usted y su comunidad me ayudarán. Le explicaré cómo. Quiero que usted jure ahora, ante mí, en una Biblia hebrea, que excomulgará a todo judío que, habiéndose enterado de que un converso continúa cumpliendo con las prácticas judías, no informa de esto a la Inquisición. Si usted no cumple con mi pedido, el que irá a la hoguera no será el converso, sino usted----me advirtió.

Denunciar a quienes, a riesgo de sus vidas, continúan honrando a Dios y cumpliendo con los mandamientos de nuestra Torá, es inconcebible. Sería un terrible pecado. Por otro lado, si nos enteramos de estos casos y no los denunciamos a la Inquisición, corremos el riesgo de morir nosotros en la hoguera.

La única solución posible de este terrible dilema es tratar de no enterarnos de las actividades de los conversos y así no vernos en la obligación de denunciarlos. Debemos cortar todo contacto con ellos. Sé que eso les será difícil y doloroso ya que muchos de nosotros tenemos hijos y hermanos que han sido forzados a bautizarse o lo han hecho voluntariamente por diversos motivos.

Si alguno de ustedes se entera de que un converso continúa practicando el judaísmo, y decide no denunciarlo a la Inquisición, no me lo digan a mí, ya que yo he jurado, a riesgo de mi vida, excomulgar al judío que, enterado de las practicas judías secretas de un converso, no lo ha denunciado.

Adenda un año después, 18 de junio, 1486:

Dejo aquí constancia escrita que en la comunidad judía de Burgos, a pesar de mi pedido, han habido en el curso de los últimos doce meses tres casos de denuncia de conversos a la Inquisición. En dos de los casos, los sirvientes de los conversos encontraron en las casas de sus amos libros de comentarios de las leyes de Moisés. Cuando amenazaron a sus amos con denunciarlos si no les daban dinero, los conversos informaron de esto a los judíos que les habían donado los libros. Los donantes, para salvarse, fueron a la Inquisición y denunciaron a los conversos diciendo que les habían entregado los libros solo debido a sus constantes e importunos ruegos.

El tercer caso de denuncia fue motivado por el despecho y la malicia de un miembro de la sinagoga cuyo pedido de mano de la hija de un converso fue rechazado por el padre de la joven. El frustrado aspirante a novio decidió vengarse. Fue a la Inquisición y denunció al que se había negado a ser su suegro.

En los tres casos, los denunciantes fueron torturados por la Inquisición para verificar la veracidad de su testimonio, los conversos fueron quemados en la hoguera y sus propiedades fueron confiscadas por la Inquisición.

Documento № 25
(3 de marzo, 1491)
Informe del caso del Santo Niño de la Guardia
por Abner ben Ezequiel Ha-Levi

El 29 de noviembre de 1490 recibí una nota enviada por la comunidad judía de Ávila. Decía lo siguiente:

Rabino Abner ben Ezequiel Ha-Levi
Sinagoga de Burgos
Le pedimos encarecidamente que venga usted a Ávila y participe en la defensa de dos judíos que están siendo juzgados, junto con varios conversos judaizantes, por el asesinato ritual de un niño cristiano. Debido a que la Inquisición no tiene jurisdicción sobre los dos judíos, el asunto ha sido trasladado a la justicia ordinaria de Ávila. Ayúdenos a evitar que se consuma una injusticia.

Viajé de inmediato a Ávila y me presenté en el municipio donde se estaba llevando a cabo el juicio.

Resumo a continuación el testimonio público del procedimiento judicial.

En junio de 1490, un converso llamado Benito García, de profesión cardador ambulante, fue detenido bajo sospecha de que había robado hostias consagradas con el propósito de utilizarlas para hacer actos sacrílegos. No se encontraron hostias en sus alforjas ni en su domicilio, por lo cual las autoridades creen que las había escondido.

García fue acusado de judaizante y torturado para que confiese sus crímenes y los crímenes cometidos por otros conversos. El acusado confesó que había regresado secretamente a la religión judía alentado por otro converso y por un zapatero judío llamado Yosef Franco, a quien acusó de haber secuestrado y asesinado a un niño cristiano.

Documento № 25

Franco fue arrestado y llevado a la cárcel de la Inquisición, lo cual fue un caso fuera de lo común ya que la Inquisición tiene jurisdicción únicamente sobre cristianos judaizantes, pero no tiene potestad para apresar y encarcelar judíos.

Franco, interrogado bajo tortura, confesó que, un Viernes Santo, hace algunos años, en la localidad de La Guardia, provincia de Toledo, él, otros judíos y varios conversos judaizantes, habían conseguido que un sacristán que era un judío converso les proporcionara una hostia consagrada. En las afueras del pueblo secuestraron a un niño. Lo hicieron objeto de burlas, escarnios, ultrajes, bofetadas, azotes, lo coronaron con espinas, y, finalmente, lo crucificaron. Luego, le extrajeron el corazón, y, junto con su sangre, lo mezclaron con la hostia consagrada con el fin de realizar actos de brujería contra los cristianos.

Posteriormente, Franco se retractó, pero luego de ser nuevamente torturado, confirmó su confesión.

El Inquisidor General Tomás de Torquemada ordenó que los encarcelados fueran juzgados en Ávila, acusados de herejía, apostasía y crímenes contra la fe católica.

Al iniciarse el juicio y escuchar la acusación, Yosef Franco gritó desaforadamente que era una falsedad. El juicio se interrumpió, Franco fue llevado al sótano, y traído de vuelta, arrastrado por los guardias, una hora después. Los inquisidores lo volvieron a interrogar, y esta vez Franco confirmó la verdad de la acusación.

Pedí autorización para dirigir la palabra a los jueces, y, para mi sorpresa, me la concedieron.

----Sus Excelencias----declaré---- las confesiones obtenidas por medio de torturas no tienen validez. Un acusado, si es valiente puede callar más o menos tiempo durante la tortura, pero al final, para escapar del terrible dolor es inevitable que

Documento № 25

confiese que todas las acusaciones corresponden a la verdad de los hechos, aún si son ilógicas y absurdas como lo son en este caso. No he escuchado en este juicio el nombre del niño supuestamente asesinado, no se mencionado quienes eran sus padres, no se ha presentado evidencia de haber encontrado un cadáver, y tampoco documentos donde se denunciaba la desaparición de un niño en La Guardia en el año en que se supone ocurrió el crimen.

----¡Cállese!----me gritaron los jueces.----¡Si usted vuelve a criticar los procedimientos que usamos para extraer la confesión, lo arrestaremos!

Los acusados, dos judíos y seis conversos, fueron declarados culpables y condenados a muerte. Una semana después, fueron quemados en la hoguera. Los bienes confiscados a los reos se destinaron a financiar la construcción del monasterio de Santo Tomás de Ávila. El hecho de que nunca se encontró el cuerpo del niño mártir se atribuyó a que él, al igual que Jesús, también había resucitado. El culto al Santo Niño de La Guardia[26] comenzó de inmediato.

Estoy convencido de que el rey Fernando y la reina Isabel utilizarán este proceso como pretexto para tomar graves medidas contra los judíos.

Nota de la traductora
26 La festividad del Santo Niño de la Guardia se celebra hasta hoy en La Guardia, en el mes de setiembre, con una procesión de la imagen del santo niño mártir, acompañada por la banda municipal, y un novenario, (conjunto de actos de culto y sermones, celebrados durante nueve días en honor del santo).

Documento № 25

Documento № 26
(18 de diciembre, 1492)
Nota escrita por Abner ben Ezequiel Ha-Levi respecto al Decreto de Expulsión

Los reyes Fernando e Isabel promulgaron el 1 de mayo de 1492, el Decreto de Expulsión de los Judíos. Copias del edicto fueron enviadas a todas las sinagogas de los reinos de Aragón y Castilla. Yo recibí mi copia a mediados de mayo, y la leí en voz alta en la sinagoga, el sábado después de los servicios religiosos.

Los reyes nos dieron de plazo tres meses, hasta el final de julio, para escoger una de tres alternativas: conversión, emigración o muerte a los que no se conviertan y permanezcan en el país. Los varones de la congregación, al escuchar que los 150,000 judíos que aun quedábamos en España seríamos expulsados si no nos convertíamos, reaccionaron con gritos de indignación. Las mujeres reaccionaron con sollozos.

El día siguiente, un domingo, convoqué a mis hijos a una reunión en mi casa. Los tres mayores, Daniel, Aarón y Menajem, ya estaban casados, tenían hijos, y vivían, cada uno de ellos, a poca distancia de mi casa. El menor Mijael, soltero, aún vivía en nuestra casa, que estaba muy cerca de la sinagoga.

----Hijos míos, los he reunido para que cada uno de ustedes tome una decisión respecto al Decreto de Expulsión. Aunque aún faltan dos meses y medio para que se venza el plazo, tenemos mucho para hacer. Debemos vender nuestras propiedades, decidir adonde emigrar, comprar pasajes en barcos, y mucho más. Cada uno de ustedes debe hacer lo que su conciencia le indique y lo que creen que es lo mejor para vuestras familias.

----Padre, no entiendo por qué nos expulsan. Somos gente trabajadora, vivimos en las juderías, separados del resto de la ciudad, sin molestar a nadie, pagamos altos impuestos. ¿Cuál es el motivo?----preguntó Daniel.

----Nos acusan de ser una mala influencia para los conversos, que tratamos de que renuncien al catolicismo y vuelvan al judaísmo. La solución de los reyes Fernando e Isabel es expulsarnos de España----le expliqué.

----¿Habrá alguna forma de convencer al rey de que nuestra contribución al país durante tantos siglos no merece este cruel decreto?----preguntó Aarón, el segundo de mis hijos.

----Buena idea, Aarón, pero yo sugiero algo más especifico. Deberíamos ofrecer al rey una contribución "para sus gastos personales." Es un argumento que la práctica demuestra que es muy exitoso y difícil de refutar ----comentó riendo Mijael.

----Mijael, el hecho de que eres el menor no justifica tu falta de seriedad. Lo que tú acabas de mencionar en broma, realmente sucedió, pero no tuvo éxito. Abraham Senior, el principal rabino de Castilla, y don Isaac Abravanel, financista y consejero económico del reino, solicitaron una audiencia con el rey. Abravanel le ofreció 30,000 ducados al rey Fernando para que revocase el decreto. El rey estaba dispuesto a aceptar la oferta cuando Tomás de Torquemada irrumpió en el Salón del Trono, con un crucifijo en alto, gritando "¡Su Majestad! Judas Iscariote vendió a Nuestro Señor por treinta monedas de plata. Usted lo quiere vender por 30,000 ducados. Aquí está él, véndalo, pero yo no tomo parte en esta transacción." Colocó el crucifijo en el suelo al lado del rey y salió de la habitación. El rey, de inmediato, dio por terminada la audiencia.

Durante un largo rato nadie habló, cada uno de ellos ensimismado en sus propios pensamientos. Finalmente, les volví a hablar.

----Tengo peores noticias. Abraham Senior, luego del fracaso de su oferta al rey Fernando, habló con la reina Isabel y le rogó

que anule el decreto. La reina contestó exigiéndole que él se convierta al catolicisimo para dar el ejemplo a los otros judíos. Senior, un hombre de ochenta años, ya no tiene la fuerza física ni espiritual para oponerse, y aceptó convertirse. Senior y su hijo fueron bautizados en Valladolid. El rey y la reina fueron sus padrinos. Hoy se hace llamar Fernando Perez Coronel.

----¿Qué ocurrió con Isaac Abravanel?----preguntó Aarón.

----Abravanel escogió irse de España. A pesar de que el Decreto de Expulsión nos prohíbe llevar dinero con nosotros, él pudo salvar su fortuna y está ahora en Nápoles.

----Padre, he tomado una decisión. Llevaré a mi familia a Portugal, y allí veremos que hacer, si nos radicamos allí o nos embarcamos a otro país----nos dijo Daniel.

----Por mi parte, yo he escogido emigrar al reino de Fez, en el norte de África, donde hay una gran comunidad judía----nos informó Aarón.

----Mis amigos me han dicho que el imperio otomano recibe a los judíos con los brazos abiertos y no tiene interés en convertirnos. Salónica es una de las ciudades más grandes del imperio, y su comunidad judía es próspera----explicó Menajem.

----Mijael, aún no hemos escuchado de ti. ¿Qué has decidido?----le pregunté.

----Padre, prefiero hablar contigo a solas----me contestó.

Pedí a mis otros tres hijos que saliesen de la habitación, y me senté al lado de Mijael.

Documento № 26

----Padre, quiero que me escuches y que entiendas la decisión que he tomado. He decidido quedarme en España, aquí he nacido, es mi patria y no quiero vivir en ningún otro país.

----Mijael, si te quedas aquí, morirás. El Decreto de Expulsión expresa claramente que todo judío que no se convierta o no se vaya del país hasta el 31 de julio será condenado a muerte. Lo que has decidido equivale a suicidarte.

----No me has entendido, padre. No me matarán debido a que he decidido convertirme----dijo Mijael.

No podía creer lo que oía. ¡Mi hijo Mijael quería volverse cristiano! Dominé mi furia a duras penas y le hablé en voz baja para que sus hermanos, que estaban en la habitación al lado, no me escuchasen.

----Mijael, si te conviertes, los cristianos no te matarán, eso es cierto, pero, para mí, tú habrás muerto----le dije.

----Padre, trata de entenderme. Seguiré siendo judío, pero en secreto. Nuestro pariente, Juan de Santamaría, el hijo de tu primo Gonzalo que murió en la hoguera por judaizante, también es un judío secreto. He ido a las reuniones que él tiene en el sótano de su casa con otros conversos que continúan honrando y cumpliendo con nuestra religión. Mi conversión será puramente formal. Padre, confía en mí. Tengo la esperanza de que se anule el Decreto y que podamos vivir aquí libremente como judíos.

Entendí las razones que me daba Mijael, y, aunque no estaba totalmente convencido de que era prudente lo que pensaba hacer, lo perdoné en mi corazón.

----Mijael, te pido un favor. He decidido viajar con Menajem y su familia a Salónica. Partiremos en dos o tres semanas. Prométeme que no te convertirás hasta que hayamos zarpado. No podría soportar saber que ya te has convertido, pero si lo haces cuando yo ya no esté en el país, siempre me quedará una pequeña esperanza de que a último momento decidistes no bautizarte.

----Te lo prometo, padre----me dijo.

Nos abrazamos y lloramos los dos. Nunca lo volví a ver. A mis otros hijos les dije que Mijael había decidido convertirse y que yo lo había echado de la casa. Si es que se sorprendieron de que yo no me sentase *Shiva* por Mijael, nunca me lo mencionaron.

Hablé con mi hijo Menajem y le informé que había decidido viajar con él y su familia a Salónica. Durante los días siguientes me deshice de todo lo que tenía, mis tierras, mi casa, mi biblioteca.

Tantos éramos los que vendíamos nuestras pertenencias y propiedades que los compradores se aprovecharon y nos pagaron centavos. Mi casa la entregué a cambio de dos mulas. Mi biblioteca la di a cambio de una bolsa de hogazas de pan.

Fuimos miles los que viajamos ese julio caluroso, desde diversas ciudades, a Bilbao, a través de caminos y campos. Nuestra esperanza era embarcarnos en naves que nos llevasen a otros países. Los niños, los viejos y los enfermos iban en carretas. Los que teníamos algo de dinero montábamos burros y mulas. Los otros caminaban a pie. Algunos caían y se levantaban. Otros caían y morían en el lugar. Los cristianos que nos veían pasar sentían compasión y sugerían que nos bauticemos. Algunos de nosotros, muy pocos, aceptaron la sugerencia.

Los rabinos alentábamos a nuestras congregaciones, los jóvenes cantaban, las mujeres tocaban tamborines. Así llegamos a Bilbao, donde, para nuestra gran suerte logramos comprar pasajes en un barco que nos llevó a Nápoles, de allí a Chipre, y, finalmente, a Salónica.

En Salónica, los judíos locales me informaron que nos podíamos habernos ahorrado esfuerzos y sufrimientos si, en vez de ir a Bilbao, hubiésemos ido a Málaga. El sultán otomano Bayezid II había enviado su flota naval, bajo el comando del almirante Kemal Reis, con la orden de salvar el máximo posible de judíos.

Al llegar al imperio, los refugiados fueron recibidos con los brazos abiertos, y, por orden del sultán, recibieron la ciudadanía otomana. El sultán decretó pena de muerte a quien maltratase a los judíos o les impidiese la entrada al imperio.

Meses después, cuando ya estábamos instalados en Salónica, Menajem me dijo que tenía algo que confesarme.

----Padre, semanas antes de que Mijael te informase su decisión, él ya me había dicho que pensaba quedarse en España, y ser bautizado como cristiano, pero continuar en secreto siendo judío. Mantengo correspondencia con él. Ya no se llama Mijael ben Abner, sino Miguel de Santamaría. Me ha pedido en su última carta que te informe que continúa honrando los preceptos de nuestra religión.

Nota de la traductora
El original de este documento, al que he titulado número 26, fue escrito por el rabino Abner ben Ezequiel Ha-Levi en Salónica, (ciudad que hoy está en Grecia, pero que en el siglo 16 era parte del Imperio Otomano).
¿Cómo llegó el original de este documento a Burgos?
No se sabe con exactitud, pero es probable que Menajem, el hijo de Abner, lo enviara a su hermano Miguel de Santamaría después de la muerte de su padre.
El Edicto de Expulsión fue revocado el 16 de diciembre de 1968 por el gobierno español, 476 años después de haber sido promulgado. Desde el mes de noviembre del año 2012, los judíos sefardíes (descendientes de los judíos expulsados en el año 1492) tienen el derecho de recibir la ciudadanía española sin el requisito de residencia en España.

Documento № 27
(19 de setiembre, 1494)
Carta escrita por Aarón ben Abner Ha-Levi a su hermano Miguel de Santamaría

Querido Miguel

Esta carta es para confesarte que mi decisión de emigrar a Marruecos fue un gran error. Debo reconocer, con toda humildad, que tú, a pesar de ser el más joven de nosotros, fuiste el más acertado al decidir convertirte.

Cerca de 20,000 judíos, muchos de Andalucía y otros, como nosotros, de Castilla y Aragón, llegamos al puerto de Cádiz con el propósito de tomar pasajes en barcos que nos llevasen al norte de África.

Para nuestra mala suerte, Marruecos estaba sufriendo una severa hambruna, y varias ciudades nos prohibieron desembarcar. El capitán ancló el barco a unas millas de la costa, frente a Tánger, y allí permanecimos muchos días, durante los cuales las provisiones se agotaron. Ancianos y niños murieron de hambre y de sed. Enviamos una delegación en un bote para rogar que nos aceptasen en la ciudad. Finalmente, las autoridades en Tánger, luego de recibir de nosotros una suma exorbitante, anunciaron que "estaban conmovidos por nuestra situación" y nos permitieron desembarcar. No había lugar para nosotros adentro de la ciudad, pero conseguimos madera y construimos chozas fuera de las murallas. En una de las chozas, el fuego que una mujer había prendido para cocinar causó un incendio que se extendió a las chozas vecinas, y los refugiados que las ocupaban perdieron lo poco que habían logrado traer de España.

Aun así, nos consideramos afortunados comparados con otros judíos que también habían tratado de llegar a Marruecos. Escuché del capitán de un barco que los abandonó y dejó la

Documento № 27

nave a la deriva. En otro caso, el capitán les robó todo lo que traían y los obligó a bajar en una zona deshabitada, donde murieron de hambre. En un tercer caso, cincuenta pasajeros fueron asesinados por el capitán y su tripulación. En un cuarto caso, el capitán desvió el rumbo hacia Sicilia, y, llegando a un puerto, vendió a sus pasajeros en el Mercado de Esclavos.

Tengo más historias. Doce mil judíos llegaron a Tlemcen, un pueblo costero situado en la frontera entre Argelia y Marruecos. Tres mil de ellos sucumbieron a la plaga.

Uno de los pasajeros que había llegado con nosotros de Cádiz en el mismo barco era un musulmán que, por algún motivo que desconozco, me había cobrado antipatía y se dedicó a difundir calumnias acerca de mí. Un grupo de sus familiares o amigos amenazó con matarme si no me convertía al Islam. Me negué y me tiraron a un pozo lleno de culebras y escorpiones. Estuve allí dos semanas, desnudo, tiritando de frio, alimentándome con los mendrugos de pan que me tiraban y bebiendo el agua que me bajaban en un balde amarrado a una soga. Los judíos de Tánger lograron liberarme pagando el rescate que les pidieron mis secuestradores.

Los judíos aquí somos discriminados y obligados a pagar impuestos especiales. Los musulmanes no aceptan nuestra presencia en su país. He estado pensando mucho en mi situación, y he llegado a la conclusión que no puedo acostumbrarme a este país ni a su gente.

No entiendo el idioma árabe, y no tengo intención de aprenderlo. No me gusta su comida. No me gustan sus modales. No me gusta su música. Yo, que amo la lectura, no puedo leer libros ya que están escritos en el alfabeto árabe.

Miguel, para resumir, extraño mucho a España. Quiero regresar, aún si el precio es convertirme al catolicismo.

Documento № 27

Te ruego que hables con los clérigos de la Catedral de Burgos, explícales mi situación y mi deseo de convertirme, y pregúntales si, luego de convertirme, ¿me reintegrarán mis posesiones, mi casa y mis tierras?

Si tu respuesta es la que yo anhelo oír, en pocas semanas estaré de regreso en mi querida y recordada ciudad natal, Burgos, y podré darte un abrazo fraternal.

Tu hermano,

Aarón

Documento № 27

Documento № 28
(24 de febrero, 1503)
Carta escrita por Menajem ben Abner Ha-Levi a su hermano Miguel de Santamaría

Querido hermano:

Esta carta es para darte una triste noticia. Nuestro padre falleció la semana pasada. Mi consuelo, y espero que también sea el tuyo, es que durante los últimos diez años de su vida, desde 1493 cuando llegamos a Salónica hasta el día de su muerte, disfrutó de paz espiritual y felicidad. Murió rodeado de sus nietos, y sus últimas palabras fueron para bendecirlos.

Mi carta tiene un objetivo adicional. Es una invitación para que tú y tu familia vengan a vivir con nosotros en Salónica. Aquí se podrán reincorporar a nuestra religión judía. Nadie los va a mirar mal por haberse convertido, ya que son numerosas las familias de ex conversos que lograron salir de España y de Portugal con diversos subterfugios, y han llegado a Salónica. La comunidad judía de Salónica los ha recibido con los brazos abiertos. Son tantos los judíos que han llegado que, puedo decirte sin exagerar, Salónica es la única ciudad europea con mayoría judía. Debido a nuestra preponderancia económica, el puerto de Salónica y los negocios, incluyendo los de los no judíos, están cerrados los sábados, el día de descanso judío. Salónica realmente merece el nombre que algunos le están dando: "Jerusalén de los Balcanes."

Aquí en Salónica no escondemos que somos judíos. ¡Todo lo contrario! Somos una sociedad próspera y orgullosa de nuestro glorioso pasado en España. Recordamos con orgullo a nuestros poetas, a nuestros cabalistas y a los líderes de nuestra comunidad que eran la mano derecha de los reyes. A pesar de haber sido masacrados, expulsados, y forzados a convertirnos, recordamos a España con añoranza y afecto, y ponemos énfasis en enseñar a nuestros hijos el idioma español, al cual llamamos "ladino."

Tenemos en Salónica doce sinagogas, número que aumenta cuando llegan nuevos inmigrantes, ya que cada grupo de recién llegados forma su propia congregación y construye su propia sinagoga. Los oriundos de Cataluña, por ejemplo, construyeron la sinagoga *Katalán Yashan*[27] en 1492. La sinagoga *Aragón* y la sinagoga *Castilla* se inauguraron en 1493, y así sucesivamente. Cada congregación tiene su propio rabino y su propia administración que se encarga de recaudar los impuestos para las autoridades otomanas.

Nuestra escuela *Talmud Torá Hagadol* tiene cientos de alumnos. Aparte de enseñar los libros sagrados, enseña humanidades latinas y árabes, medicina, ciencias naturales y astronomía. Recibimos alumnos de todos los territorios del imperio otomano, y también de otros países de Europa. Varios de nuestros alumnos han sido nombrados rabinos en Ámsterdam, Venecia y otras ciudades europeas.

A diferencia de lo que ocurría en España donde eran pocas las profesiones que el gobierno nos permitía ejercer, en Salónica cada uno trabaja en lo que prefiere. En la comunidad tenemos médicos, comerciantes, artesanos, industriales, joyeros, matemáticos, fabricantes de instrumentos de precisión, diseñadores de mapas y tablas de navegación, y muchas profesiones más. En Constantinopla nuestros correligionarios que ocupan altos puestos en la administración del imperio, son muy apreciados por el sultán ya que han introducido nuevas ideas, métodos y tecnologías. Por ejemplo, la primera imprenta de Constantinopla la establecieron en el año 1493 judíos provenientes de España.

Nota de la traductora
27 La sinagoga *Katalán Yashán*, (Cataluña Antigua) fue inaugurada en 1492. La sinagoga *Katalán Jadash* (Nueva Cataluña) fue inaugurada a fines del siglo 16.

Documento № 28

Un judío que ocupa un alto puesto en la corte del sultán en Constantinopla visitó nuestra sinagoga hace algunas semanas. Al terminar el servicio religioso lo invité a cenar en nuestra casa. El delicioso vino que tenemos aquí le soltó la lengua y nos entretuvo durante horas en la conversación de sobremesa con anécdotas indiscretas acerca de la corte y del harén.

La anécdota que más me gustó fue el comentario del sultán acerca de la expulsión de los judíos de España: "Dicen que el rey Fernando es un gobernante sabio, pero, al expulsar a los judíos, ha empobrecido su reino y enriquecido el mio."

Querido hermano, ven a Salónica. Aquí no solo vivirás como un judío libre sino que también prosperarás.

Me despido con el afecto que siempre te he tenido

Menajem

Documento № 28

Documento № 29
(11 de julio, 1523)
Carta escrita por Daniel ben Abner Ha-Levi a su hermano Miguel de Santamaría

Querido hermano

Han pasado tres décadas desde el día cuando, para sorpresa y tristeza de tu padre y de tus hermanos, nos anunciaste tu intención de convertirte al catolicismo. Es irónico que yo, que me negué a convertirme y que emigré a Portugal para seguir siendo judío, sea hoy, como tú, católico, pero, al igual que tú, continúo secretamente siendo judío.

Perdóname que no te haya escrito durante todos estos años, pero hemos sufrido en Portugal tantos infortunios, tantos sufrimientos, tanta crueldad, que no quería agobiarte con mis problemas, sabiendo que tú también "cargas tu cruz". (Disculpa este débil intento de humor).

Gran parte de los judíos expulsados de España emigramos a Portugal. Lo hicimos porque era el sitio más cercano y más fácil de llegar, y por qué el idioma y la cultura del país son tan similares a los de nuestra querida España.

El rey de Portugal, Juan II, deseoso de aumentar sus entradas, cobró cien cruzados a seiscientas familias ricas por el derecho a la estadía permanente, y ocho cruzados por persona a todos los otros judíos por el permiso de residir durante ocho meses en Portugal.

En noviembre de 1492 los Reyes Católicos publicaron una carta de garantía a los judíos españoles que se habían refugiado en Portugal. En ella prometían que a los que regresasen de España y se bautizasen se les devolvería sus propiedades. Muy pocos aceptaron la oferta. Todos los otros nos quedamos en

Portugal con la esperanza de encontrar barcos que nos llevasen a otros países.

Debido a la dificultad de encontrar lugar en los barcos, solo una pequeña minoría pudo irse de Portugal. Al final de los ocho meses, el rey Juan declaró que todos los judíos españoles que habíamos permanecido en el país éramos ahora sus esclavos. Setecientos niños, algunos menores de cinco años, fueron separados por la fuerza de sus padres y enviados a Sao Tomé, una isla recientemente descubierta frente a la costa occidental de África. La isla está deshabitada excepto por lagartos, serpientes venenosas y otros reptiles.

Las madres de los niños se tiraron a los pies del rey, rogándole que les permitiesen viajar con sus hijos. El rey se negó. Una de las madres alzó a su niño en sus brazos y saltó al mar, ahogándose madre e hijo.

Los marineros abandonaron a los niños en la isla, y los que no murieron devorados por los reptiles, perecieron de hambre.

El rey Juan murió en el año 1495 y lo sucedió Manuel I, que ordenó liberar a los judíos de la esclavitud impuesta por su predecesor. Nuestra alegría desapareció cuando el rey Manuel pidió a los reyes españoles Fernando e Isabel la mano de su hija, la princesa Isabel. Los reyes católicos aceptaron con la condición de que Manuel expulsase a todos los judíos de su país. El rey Manuel aceptó la condición y promulgó en el mes de diciembre de 1496 un Decreto de Expulsión, dando a los judíos un plazo de un año, hasta finales de 1497, para irse de Portugal.

El rey Manuel, al tener conocimiento de que muchos de nosotros éramos artesanos de gran habilidad, entendió que podíamos contribuir mucho a Portugal. Su solución, para evitar que emigremos, fue convertirnos por la fuerza.

Documento № 29

Lo primero que hizo el rey fue ordenar a los oficiales del reino a que tomasen posesión de todas las sinagogas y de sus contenidos, incluyendo los rollos de la Torá y objetos rituales. Las escuelas judías y las bibliotecas de las congregaciones fueron confiscadas. Debido a que ya no podíamos celebrar servicios religiosos en las sinagogas, la práctica del judaísmo se volvió secreta.

El 19 de marzo de 1497 el rey ordenó que todos los niños judíos, entre las edades de cuatro a catorce años fueran bautizados por la fuerza y separados de sus padres, si estos rehusaban convertirse. Al mismo tiempo, dijo que permitía que los judíos, que así lo quisieran, podían emigrar, pero solo desde el puerto de Lisboa.

Veinte mil judíos llegaron a Lisboa de todas partes de Portugal. Allí, en vez de barcos, nos esperaban cientos de clérigos católicos, que nos llevaron a iglesias donde fuimos convertidos por la fuerza. El Decreto de Expulsión no se llevó a cabo ya que todos los judíos de Portugal somos ahora cristianos y ciudadanos legales del país.

En el curso de los siguientes meses algunos judíos lograron emigrar secretamente. Esto dio motivo al rey Manuel para prohibir la emigración de los "Nuevos Cristianos".

Nos obligaron a adoptar nombres cristianos, (yo me llamo ahora Daniel Burgos, apellido que adopté en honor a nuestra ciudad natal). Nos prohíben vivir en barrios separados, pero nos permiten estudiar en las universidades, ser oficiales en el ejército, y ocupar puestos importantes en la Iglesia.

Aunque vamos a misa los domingos, secretamente nos seguimos considerando judíos. Ayunamos con frecuencia, celebramos los festivales en nuestros propios hogares, rezamos en portugués, e incluimos en nuestras plegarias la única palabra en hebreo que recordamos, "Adonai".

Documento № 29

El rey nos considera cristianos pero el populacho nos sigue viendo como judíos, nos llama despectivamente "marranos", y nos hace blanco de odio y de insultos, especialmente desde que empezamos a ocupar cargos prominentes.

En el año 1506, el odio estalló en violencia y más de dos mil nuevos cristianos fueron masacrados en Lisboa por una turba dirigidos por dos frailes dominicos. La chispa que prendió la masacre fue un comentario irresponsable expresado por un converso, conocido mio, en la Iglesia de los Dominicos, donde se celebraba una misa para pedir a Dios que cese la epidemia que estaba asolando al país. De repente, un crucifijo que estaba en una capilla lateral brilló con una fuerte luz.

Yo estaba cerca a la capilla, y me di cuenta que la luz era el reflejo momentáneo de los rayos del sol que entraban por la ventana, pero algunos supersticiosos, crédulos e ignorantes exclamaron, "¡Milagro, milagro!" Yo me reía para mis adentros de la ingenuidad de esa gente, pero hice un esfuerzo y conservé la seriedad de mi rostro.

El converso al que me referí más arriba estaba sentado dos filas delante de mi. Al escuchar los gritos de admiración y asombro de los feligreses, no se pudo contener y exclamó, "¡Idiotas, ¿no ven que es el reflejo del sol?"

Los que estaban sentados a su lado se indignaron por lo que ellos consideraron sacrilegio. Arrastraron al imprudente a la calle por los cabellos, y allí, enardecidos, lo mataron a pedradas.

Dos monjes dominicos que habían estado en la iglesia salieron a la calle con el crucifijo, gritando "¡Blasfemia!" Ese día la turba mató quinientos nuevos cristianos, incluyendo mujeres y niños. Algunos trataron de salvarse refugiándose en iglesias, pero fueron arrastrados a la calle y quemados vivos. La violencia continuó durante el día siguiente. Se calcula que entre 2,000 a 4,000 nuevos cristianos fueron masacrados.

Documento № 29

El rey Manuel respondió severamente. Los dos monjes dominicos fueron expulsados de su orden y estrangulados. Otros lideres de la masacre también fueron arrestados y ejecutados. En respuesta a la masacre, el rey permitió emigrar a algunos nuevos cristianos. Esa tolerancia terminó cuando Manuel murió en el año 1521 y su hijo Juan III ascendió al trono.

El paradójico resultado de la masacre fue que nuestra identidad como judíos secretos se reforzó, pero es lamentable que, debido a que no tenemos rabinos, rollos de la Torá y libros de rezos en hebreo, la nueva generación está olvidando mucho de lo que es la religión judía.

Vivo soñando con el día cuando por fin pueda escapar de Portugal y vivir libremente como judío. Si yo no lo consigo, ruego a Dios que mis hijos o mis nietos lo logren.

Tu hermano que hoy te comprende mejor y te quiere más que nunca.

Daniel

Documento № 29

Documento № 30
(4 de abril, 1550)
Carta escrita por Luis Burgos
a su primo Alberto de Santamaría

Estimado primo

Te sorprenderá recibir esta carta firmada por Luis Burgos, nombre para ti desconocido, enviada desde Amberes. Me presento, soy el hijo de tu tío Daniel, el que fue el hermano mayor de tu padre Miguel. Te preguntarás porque te escribo. Al final de esta carta está la respuesta.

Mi padre falleció en Lisboa hace quince años. En su lecho de muerte me dijo que moriría tranquilo si yo le prometía hacer todo lo posible para irme de Portugal, un país que nos trató cruelmente cuando aún no habíamos sido bautizados por la fuerza, aunque luego nos dio las oportunidades necesarias para progresar y prosperar. Se lo prometí.

Yo era el empleado de confianza de Francisco Mendes, uno de los hombres más ricos de Portugal, dueño de bancos y de una compañía que importaba especias y condimentos de la India y los exportaba a todos los países de Europa. Mendes era bisnieto de Don Abraham Benveniste de Castilla, el autor de las Ordenanzas de Valladolid[28], patriarca de la familia judía más prominente de España antes de la expulsión de 1492.

Tuve el honor de estar presente cuando Francisco Mendes se casó con Beatriz de Luna en una imponente ceremonia en la Catedral de Lisboa.

Nota de la traductora
28 Ver el Documento #17, página 91

Documento № 30

También fui uno de los invitados, cuando, dos horas más tarde, en la residencia de Don Francisco, tras puertas cerradas, se realizó nuevamente la ceremonia del matrimonio, pero esta vez de acuerdo a la religión judía.

Diez años después, Francisco murió[29], dejando un testamento donde dividía su fortuna entre Beatriz y su socio Diego, quien estaba a cargo de las oficinas de la compañía en Amberes.

Beatriz y su hija Ana se mudaron a Amberes. Beatriz demostró un inmenso talento para los negocios, y se convirtió en una de las mujeres más ricas de Europa. Su gran fortuna le permitió usar su influencia sobre reyes y papas para proteger a los conversos.

En el año 1544 recibí una carta de Doña Beatriz donde me ordenaba viajar a Amberes con urgencia para hablar con ella acerca de un tema de gran importancia. Inmediatamente viajé a los Países Bajos en uno de los barcos de la compañía.

----Luis, bienvenido a Amberes. Te he pedido que vengas porque necesito tu ayuda para organizar una red de escape de los conversos de España y Portugal. Están en constante peligro de ser acusados por la Inquisición de ser herejes, arrestados y quemados en los autos de fe. Yo debo salvar tantos de nuestros hermanos como me sea posible. Piensa al respecto y tan pronto tengas un plan me lo presentas.

Una semana después fui a su oficina y pedí hablar con ella.

----Doña Beatriz...

Nota de la traductora
29 Doña Gracia, años después, pidió al Papa que le permitiese mover los restos de Francisco a otro lugar. El Papa accedió al pedido y Doña Gracia enterró a su esposo en el Monte de los Olivos, en Jerusalén.

Documento № 30

Doña Beatriz me interrumpió

----Llámame Doña Gracia, es la traducción de mi nombre hebreo Jana. Lo prefiero a mi nombre cristiano----me dijo.

----Muy bien, Doña Gracia. El plan que le propongo es el siguiente: podemos llevar a conversos en nuestros barcos que llevan las especias de Lisboa a Amberes, haciendo creer a las autoridades que son marineros. A sus esposas y niños los esconderemos en las bodegas de los barcos, detrás de los fardos de condimentos. En Amberes les daremos instrucciones y dinero para que viajen a Venecia, y de allí los transportaremos en barcos al imperio otomano. Los turcos los recibirán con los brazos abiertos.

----Me gusta mucho tu plan, Luis. Manos a la obra y comencemos lo más pronto posible----me ordenó.

En el primer barco donde sacamos conversos de Lisboa traje a mi mujer y a mis hijos. Nos hemos instalado en Amberes donde las autoridades hacen ojos ciegos a nuestra práctica del judaismo.

En el curso de los siguientes años logramos traer a Amberes a cientos de conversos portugueses y españoles. Algunos se han radicado en Amberes, pero la mayoría continuó viaje y hoy viven en Salónica y Constantinopla.

Y ahora viene la explicación de por que te escribo. Eres descendiente de rabinos eruditos y devotos, y estoy seguro de que tienes el anhelo de regresar a la religión de nuestros antepasados. Propongo que viajes con tu familia a Lisboa. Haz allí contacto con Alonso Cardozo que está a cargo de nuestra oficina en Portugal. Enséñale esta carta y él arreglará que ustedes puedan viajar a Amberes en uno de nuestros barcos.

Tu primo Luis, que espera conocerte pronto y rezar a tu lado en la sinagoga de Amberes.

Documento № 30

Adenda por Juan de Santamaría, 13 de julio, 1550:

La carta que incluyo llegó a Burgos algunos meses después de la muerte de mi padre Alberto de Santamaría, (que Jesucristo lo tenga en su gloria).

Es increíble que este individuo, Luis Burgos, auto proclamado "primo" de mi padre, tenga la audacia y la desfachatez de intentar judaizarnos.

Mi primera intención fue quemar la carta, pero luego decidí que era preferible guardarla. La presentaré a la Inquisición, en el momento que juzgue oportuno, para que se comunique con la Inquisición portuguesa, y esta tome los pasos necesarios para extinguir el foco de perversión y herejía que existe hoy en Lisboa.

Documento № 31
(28 de agosto, 1592)
Los santos y los herejes
Crónica escrita por Juan de Santamaría

Este año se cumple un siglo desde que mi abuelo Miguel de Santamaría, llamado anteriormente Mijael ben Abner Ha-Levi se convirtió a la verdadera religión.

Nuestro Señor Jesucristo nos ha favorecido y hoy un miembro de nuestra familia ocupa un alto puesto en la Iglesia. Hay dos oficiales primos míos en el ejército, un ministro en el gobierno, tres profesores en las universidades, y estoy emparentado con las familias más nobles del reino.

Me siento orgulloso de que los cristianos más respetados de España, poetas, místicos y teólogos, Teresa Sanchez de Cepeda Dávila y Ahumada, mejor conocida como Teresa de Jesús[30], y Juan de Yepes Alvarez, o como lo llaman hoy, Juan de la Cruz[31], ambos cofundadores de la Orden de los Carmelitas Descalzos, descienden de judíos conversos. La gente los admira y dice que han hecho milagros. Estoy convencido de que un día serán proclamados santos.

Lamentablemente, existen conversos que han recaído en las falsas doctrinas del judaísmo. Esta desgracia ocurre hasta en las mejores familias, como fue el caso del abuelo paterno de Teresa de Jesús, Juan Sánchez, quien confesó a la Inquisición que era culpable de actos judaizantes ya que, durante años, se había abstenido de comer jamón y tocino. Debido a que su confesión fue voluntaria, recibió solamente una pena menor.

Nota de la traductora
30 Teresa de Jesús fue beatificada en 1614 y declarada santa en 1622. Es la santa patrona de España y de Guatemala.
31 Juan de la Cruz fue beatificado en 1675 y canonizado en 1726. En 1926 fue proclamado por el Papa Pio XI Doctor de la Iglesia Universal.

Documento № 31

La Inquisición, en su noble misión de castigar herejías, quiere evitar cristianamente que se produzcan peleas y disensiones entre miembros de la misma familia, lo cual podría ocurrir si revela que el esposo ha denunciado a su mujer o el hijo a sus hermanos o padres. Por lo tanto, mantiene en secreto los nombres de los denunciantes. Hay quienes critican este procedimiento argumentando que da oportunidad a gente envidiosa de denunciar a personas hacía las cuales sienten antipatía, especialmente si los denunciados son ricos y prominentes. Eso le ocurrió a Juan Gonzales Pintado, que había sido secretario de dos reyes, y que, debido a su alto cargo, se había hecho de enemigos. Fue denunciado como judaizante y, a pesar de sus protestas y falta de pruebas, fue quemado vivo.

Tengo serias sospechas acerca de mi primo Enrique de Santamaría. Su abuelo Aarón, hermano de mi abuelo Miguel de Santamaría, retornó a España desilusionado de Marruecos, adonde había escapado en el año 1492. En Burgos, Aarón, su mujer y sus hijos adoptaron el apellido Santamaría y se convirtieron al catolicismo, con lo cual recibieron de regreso todas las propiedades que les habían confiscado.

Temo que esas conversiones fueran por conveniencia y no por convicción, y que Enrique, al igual que su abuelo y su padre, no es un católico sincero. Va muy poco a la Iglesia, y, cuando lo hace, he notado que no se persigna. Según me informa el cura Roberto, Enrique casi nunca se confiesa. Su hijo Hernán, de 17 años, es todo lo contrario. Todo rato libre que tiene lo pasa en la Iglesia, donde atiende en el servicio del altar, ayuda al sacerdote, y se ocupa de que las procesiones tengan la cruz, los cirios y el incensario. Su única lectura son los libros de la vida de los santos.

Documento № 32
(14 de noviembre, 1626)
Mi lucha contra los herejes
Crónica escrita por Hernán de Santamaría

Mi padre, Enrique de Santamaría, murió hace dos años. No nos habíamos visto durante décadas, desde el día que cumplí veinte años. Le pedí que celebremos la ocasión donando dinero a la iglesia para una misa especial. Se rió y me dijo que tenía mejores usos para su dinero. Tuvimos una discusión en la que me di cuenta de que no era un católico creyente. Fue una pelea terrible, me abofeteó y yo le devolví la cachetada con creces.

Después de eso, lo único que me quedaba era irme de la casa. Yo no podía continuar viviendo bajo el mismo techo con un hombre cuya fe no era absoluta. Por suerte para mí, Juan de Santamaría, un cristiano ejemplar, un hombre piadoso y erudito, primo de mi padre, me acogió como a un hijo, se ocupó de mi educación, y, luego, usó sus influencias para conseguirme un importante puesto en la administración del reino.

El día que me enteré de que mi padre había fallecido, fui a su casa para ver que había dejado. A pesar de nuestro distanciamiento yo era su heredero por ser hijo único. Lo que encontré allí me espantó. ¡Libros de rezos en hebreo y un candelabro de ocho brazos! En el sótano, detrás de una puerta que tuvimos que romper, ya que no encontramos la llave, había una habitación amoblada con sillas colocadas frente a un gabinete, adentro del cual había un rollo de la Torá.

Mi padre había sido lo que yo siempre había sospechado, ¡el líder de los judaizantes de la ciudad! Inmediatamente, presenté una denuncia a la Inquisición. Le hicieron un juicio póstumo donde yo di testimonio de lo que había encontrado en su casa. Lo declararon culpable, exhumaron el cuerpo y lo quemaron en la hoguera.

Documento № 32

Un día, mirando a través de la ventana de su cocina, vi que mi vecina prendía una vela en la víspera del sábado. Asumí naturalmente que lo hacía para evitar prenderla el día siguiente, sábado, el día de descanso de los judíos, pero, antes de denunciarla, quise estar seguro de que era hereje, ya que mi conciencia me exige estar absolutamente convencido antes de denunciar a alguien por ser judaizante.

Mi vecina era una viuda anciana que rara vez salía de su domicilio. La invité a almorzar en mi casa. Aceptó muy agradecida. Mis sospechas se volvieron certidumbre cuando la mujer, usando cualquier excusa, rehusó comer el jamón que le había servido.

La mujer vio en mi rostro el horror que yo no pude esconder al comprobar su perversión. Se dio cuenta de que se había traicionado a sí misma, y esa misma noche escapó a Portugal. Yo conocía a su hijo, un monje franciscano. Hablé con él para que fuese tras ella y la persuadiese a regresar. El hijo siguió mi consejo, fue a Portugal y convenció a su madre para que volviese a Burgos. Tan pronto la mujer llegó a la ciudad, avisé a la Inquisición. La tomaron presa, la juzgaron, la condenaron y la quemaron viva.

El converso más rico de la ciudad trató de escapar a Francia con su familia. Me enteré de sus planes e informé a la Inquisición. La familia fue apresada, y, después que las autoridades cumplieron con todos los trámites legales, fue ejecutada en la hoguera.

No todos los que denuncié terminaron en la hoguera. Uno de ellos, un hombre muy rico, abjuró de sus prácticas judaizantes después de ser torturado. Lo condenaron a prisión perpetua, pero, pagando una gran multa, logró que le conmuten la pena. Fue obligado a vestir el sambenito, una prenda marcada con dos cruces amarillas. Se le prohibió ser funcionario público, ser dueño de tabernas, montar caballos, llevar joyas, tener barba, y vestirse de seda.

El hombre cumplió durante un año con todas las obligaciones que se le habían impuesto, hasta que un buen día (mal día para el) salió a la calle con vestimenta normal en vez de usar el sambenito, creyendo que la Inquisición ya se había olvidado de él. ¡Error fatal! La Inquisición nunca olvida. Lo vi caminando muy orondo por la calle, y corrí a denunciarlo a la Inquisición. Lo apresaron, lo juzgaron y lo declararon "relapso[32]". Fue juzgado por segunda vez, y esta vez no hubo multa que lo salvase. Murió en la hoguera.

A continuación incluyo el informe de uno de los juicios que hizo la Inquisición a una judaizante que yo había denunciado.

De los archivos de la Santa Inquisición

JUECES INQUISIDORES: Alfredo Días, licenciado en Santa Teología, y Guillermo Monteverde, doctor en decretos.

DENUNCIANTE: Hernán de Santamaría, vecino de la ciudad de Burgos.

TESTIGOS: Jorge Alvarado, sastre, y Juan Tello, alguacil.

ACUSADA: Agustina Arce, mujer de Gregorio Donoso, vecina de la ciudad

ACUSACION:
Agustina Arce está acusada de seguir la Ley de Moisés, fingiendo que se ha reconciliado con la Santa Madre Iglesia. Reza oraciones judaicas. Cesa todo trabajo los sábados, y esos días se viste con ropas limpias de lino. Guarda las pascuas de los judíos. Adoctrinó a sus hijos en la Ley de Moisés. Comió carne en Cuaresma. Un Viernes Santo comió una gallina.

Nota de la traductora
32 La Inquisición llamaba "relapso" a quien reincidía en un pecado del que ya había hecho penitencia o en una herejía a la que había renunciado.

Documento № 32

TESTIMONIO DE LA ACUSADA:
Soy Agustina Arce, mujer de Gregorio Donoso, me encomiendo a Vuestra Merced con gran arrepentimiento y contrición de mis pecados. Hace veinticinco años que me casé con él. Yo era una buena cristiana. Hace dieciséis años quiso hacer ceremonias judías en la casa. Yo no queria seguir su camino malo, y él me golpeó y me obligó a no trabajar el sábado, y a cocinar el viernes para el sábado. Hace diez años que se fue de la ciudad, pero hace seis años que vino una noche y me rogó que me fuese con él, pero yo me negué. He confesado que he cocinado del viernes para el sábado y comido pan cenceño. Yo como liebre y conejo. Y con esto concluyo mi testimonio.

SENTENCIA:
Los jueces inquisidores declaran hereje a Agustina Arce por cumplir con las ceremonias de la Ley de Moisés de lo que fue acusada, y que todo lo hizo de su propia y libre voluntad, y no obligada por su marido como ella falsamente declaró. La dicha Agustina Arce es hereje y apóstata, y ha incurrido en sentencia de excomunión mayor con todas las penas espirituales y temporales establecidas, incluyendo la confiscación de sus bienes. Por lo tanto es relajada[33] al virtuoso caballero Felipe Barrientes, corregidor del Rey para que proceda contra ella de acuerdo a la ley.

Nota de la traductora
33 La "relajación" era la entrega a los tribunales reales de los condenados a muerte por la Inquisición española. La Inquisición era un tribunal eclesiástico por lo que no podía condenar a la pena capital, de ahí que "relajara" a los reos a las autoridades seculares que eran los encargadosde pronunciar la sentencia de muerte y de conducirlos al lugar donde iban a ser quemados. Maria Gonzales fue quemada en la hoguera.

Documento № 33
(21 de febrero, 1652)
Confesión de Elías Hebreo, antes llamado Rodrigo de Santamaría

Me crié en un hogar profundamente católico. Mi padre, Hernán de Santamaría, nos inculcó a mí y a mi hermano menor Gonzalo, amor y veneración a Jesús y su madre María. Éramos aún muy pequeños cuando nos empezó a llevar a presenciar los autos de fe donde quemaban a los herejes, o, si se habían fugado, en efigie. De regreso en la casa nos hablaba largamente de la herejía como un crimen contra Jesucristo y contra la nación, y su justo castigo.

----El fuego que consume a los herejes los purifica y, si en sus últimos minutos de vida, piden perdón a Jesús, él, en su misericordia, hará que no vayan al infierno, donde las almas condenadas son quemadas durante toda la eternidad----nos enseñaba mi padre.

Cuando mi padre falleció, revisé los documentos que tenía guardados en un baúl, y me di con la inmensa sorpresa de que nuestros antecesores eran judíos, algunos de ellos rabinos devotos y eruditos. Esto motivó mi curiosidad por saber más acerca de los judíos, su historia y su teología. Compré a un precio exorbitante una Biblia en castellano, traducida y publicada en el año 1569 por un sevillano llamado Cassiodoro de Reina. El hombre que me la vendió me hizo jurar que, si alguien encontraba la Biblia en mi poder, yo no diría el nombre de quien me la vendió. Era necesario mantener en secreto mi posesión de esa Biblia porque su traductor, que había sido un monje, se había convertido al protestantismo y escapado de España para evitar ser juzgado como hereje.

En mi habitación, con la puerta cerrada con llave, pasé numerosas noches leyendo la Biblia, especialmente las Leyes de Moisés, dictadas por Dios, hasta el día que decidí que no

Documento № 33

podía seguir viviendo lo que para mi era ahora una mentira. Dejé de ir a la iglesia, cambié mi nombre de Rodrigo a Elías, y mi apellido de Santamaría a Hebreo. Visité a mis vecinos y amigos, y traté de convencer a todo aquel que estaba dispuesto a escucharme, a cumplir con las leyes de la Torá, eternas e inmutables.

Fue mi hermano Gonzalo quien me denunció a la Inquisición. Me apresaron y fui interrogado por uno de los inquisidores.

----Rodrigo de Santamaría...

----Me llamo Elías Hebreo, Su Excelencia----le dije interrumpiéndolo.

No hizo caso de mis palabras y continuó.

----Usted viene de una buena familia católica. Su padre Hernán, a quien tuve el honor de llamar amigo, fue un colaborador eficaz e infatigable en nuestra lucha para erradicar la herejía. No entiendo como un hombre culto como usted, poeta, que toca el arpa y canta, que habla varios idiomas, puede haber caído tan bajo. Pero, en consideración a la memoria de su padre, si usted abjura de su herejía, le daremos un castigo muy leve, usar el sambenito durante un año.

----Su Excelencia, no puedo abjurar de mi fe en el verdadero Dios. Sería traicionar no solo a Dios sino también a mi mismo----le contesté.

El Inquisidor dio orden de enviarme a la mazmorra. Era una habitación muy grande donde varios herejes estaban siendo torturados. A mi me amarraron de pies y mano a los dos extremos de un aparato al que llamaban "el potro." Lo fueron estirando lentamente has que sentí que mis articulaciones estaban por dislocarse. En ese momento detuvieron el aparato, tal vez debido a que quien me interrogó les dijo que fuesen

Documento № 33

misericordiosos al hijo de quien había sido tan útil a la Inquisición.

Miré a mi alrededor y vi a tres presos que estaban siendo torturados. A uno de ellos le habían atado las manos por la espalda, le habían puestos pesos en los pies, y lo tenían colgado con una polea por las muñecas. Cuando estaba lo más arriba posible, lo dejaban caer sobre un cuchillo vertical que se le clavaba en el ano.

A otro lo habían metido en una especie de sarcófago provisto de estacas metálicas muy afiladas en su interior, de este modo, a medida que se iba cerrando se clavaban en la carne del cuerpo de la víctima provocándole una muerte lenta.

El tercero, a quien le habían hecho varios cortes en el abdomen, estaba amarrado a una plataforma. Colocaron ratas encima de él, cubiertas por un tazón de vidrio para que los animales no pudiesen escapar. Las ratas empezaron a hurgar las heridas y entrar por ellas al estómago del torturado.

Me desamarraron del potro y me llevaron a una celda, donde estaba otro prisionero, que, en nuestra primera conversación me contó que había sido un monje y que había sido apresado por la Inquisición cuando alguien lo denunció por haber manifestado dudas acerca de la paternidad de Jesús. Durante los meses que estuvimos juntos, le hablé de la Biblia y de las Leyes de Moisés. Doy gracias a Dios que me permitió hacerle ver la luz de la verdad a mi compañero de celda y darle fe en el Dios de Abraham, Isaac y Jacob.

Ayer vino el Inquisidor a mi celda, me trajo papel y tinta para que yo pueda escribir esta confesión, y me dijo que me estrangularían con el "garrote" antes de quemarme en el auto de fe, un privilegio que solo se concedía a los herejes que en el último momento se arrepentían de su herejía, pero que a mí me lo otorgaban en consideración a la memoria de mi padre.

Dios quiera que mis hijos, Francisco y Tomás, recuerden que su padre fue fiel a la religión de nuestros antepasados hasta el último momento, y que, sus últimas palabras en la hoguera, fueron *"Shema Israel, Adonai Eloheinu, Adonai Ejad."* [34]

Nota de la traductora
[34] La plegaria "Escucha, oh Israel, Dios, nuestro Dios, Dios es Uno" (Deuteronomio 6:4) es considerada la expresión fundamental de la creencia judía monoteísta.

Documento № 34
(11 de setiembre, 1682)
Carta de Tomás Carvajal a su hermano Francisco de Santamaría

Querido Francisco

Esta es la primera carta que te escribo desde que, hace nueve años, logre salir de España en un barco que me condujo a Veracruz, el principal puerto del Virreinato de Nueva España. Fue una gran suerte que las autoridades del puerto de Cádiz, que no permiten a conversos viajar al Nuevo Mundo, no me reconocieron como hijo del judaizante Rodrigo de Santamaría cuando les dije que me apellidaba Carvajal

Esta es, a la vez, la última carta que te escribo ya que la Inquisición de México me ha condenado a muerte por judaizante. Hoy, en mi celda, recuerdo tus advertencias, después de la muerte de nuestro padre, respecto a mi interés en la religión de nuestros antepasados. Me pediste que siguiese tu ejemplo y fuese un buen católico como lo son nuestros primos, pero la inspiración y el ejemplo de nuestro padre, mártir por su fe, fueron para mi mucho más fuertes que tus consejos.

En Nueva España trabajé primero como pastor de ovejas, luego me mudé a la ciudad de México donde trabajé como comerciante. Mi afición y, por qué no decirlo, mi éxito con las mujeres me causaron muchos problemas. No quiero entrar en detalles pero deje en cinta a la mujer de un marqués. El esposo uso sus influencias para que me detuviesen y me enviasen a la cárcel por cuatro meses.

Decidí reformarme y me casé con una mujer que era una judía secreta. Gracias a ella, aprendí mucho de la religión de nuestros antepasados y, aunque seguí yendo los domingos a misa, me volví activo y luego líder en la comunidad cripto judía de México. Guardé el sábado escrupulosamente, di

Documento № 34

caridad a los pobres, ayuné en nuestras fiestas y aprendí a leer hebreo.

Mi perdición fue que continué complicándome la vida con mujeres. A una de ellas, la última que tuve como amante, le dije que no podíamos continuar viéndonos porque yo amaba a mi esposa y a mis hijos. Ella, despechada, fue a la Inquisición y denuncio que, durante el acto sexual, había notado con horror que yo estaba circuncidado.

Yo negué las acusaciones de que era judaizante, a pesar de las terribles torturas. Lo hice para evitar denunciar a los otros miembros de la comunidad de México, pero, cuando me condenaron a muerte, anuncie con orgullo que yo era judío.

Me condenaron a morir en la hoguera.

Hermano mío, te pido que sigas manteniendo el recuerdo de nuestros antepasados y que honres la memoria de nuestro padre siguiendo sus pasos.

Esta carta te la entregará personalmente en Burgos un miembro de nuestra comunidad judía de México, de quien nadie sospecha que es judío.

Que Dios te proteja.

Tomás

TERCERA PARTE

Capítulo 1

El doctor Carlos Alberto Santamaría cerró el libro y lo dejó sobre el aparador. Se sirvió un vaso de whisky y prendió un cigarrillo.

"¡Vaya, vaya! ¡Soy descendiente de judíos! ¡Así que este es el secreto que guardaban mis padres con tanto celo!" musitó entre perplejo y divertido.

"¿Qué importancia tiene para mí, agnóstico desde mi juventud, saber que soy descendiente de judíos que se convirtieron hace seis siglos?" se preguntó a si mismo.

"Soy médico y nunca se me ha ocurrido preguntar a un paciente cual es su religión. No necesito saberlo y no me interesa saberlo. Nunca he encontrado diferencias en el corazón, en las arterias o en las venas, entre cristianos, judíos, musulmanes o ateos."

Carlos Alberto tenia poco interés en la política y ninguno en la religión. Cuando leía los periódicos, se limitaba a echar un vistazo a los titulares y salteaba los artículos que no le interesaban. Iba directamente a la página médica y luego se concentraba en la página de deportes. Respecto a los judíos, sabía solo lo básico: Fueron expulsados de España en el año 1492. Fueron víctimas de la locura genocida de los nazis. Establecieron un Estado en el Medio Oriente en su ancestral territorio bíblico, y están en constante confrontación con los árabes. No sentía simpatía ni antipatía por ninguno de los lados. En realidad, el conflicto del Medio Oriente le era tan interesante, o tan poco interesante, como cualquier otro de los numerosos conflictos en el mundo.

Las revistas médicas eran su principal lectura. En ellas había leído con interés los descubrimientos médicos que se

Capítulo 1

hacían en Israel y la avanzada tecnología médica que producía el Estado judío.

Una de las noticias que lo había entusiasmado recientemente informaba que una firma israelí, Magenta Medical, estaba desarrollando una bomba miniatura para el tratamiento del mal funcionamiento del corazón. Desde ese día, Carlos Alberto esperaba impaciente que el producto saliese al mercado para persuadir a la administración del hospital a que comprase el instrumento para el Departamento de Cardiología.

Carlos Alberto estaba convencido de que la revelación del secreto familiar no tenía para él importancia, pero, en el curso de los siguientes días, las revelaciones acerca de sus antecesores continuaron revoloteando en su mente. Empezó a sentir curiosidad, que se fue agudizando de momento a momento, por saber más del tema de los judíos conversos. ¿Existen aún personas en España que se identifican, o que son identificados, como cristianos nuevos? ¿Qué piensa la gente respecto a los descendientes de conversos judíos?

Una mañana en el hospital, después de hacer la ronda diaria de sus pacientes, le dijo a la enfermera principal que tenía que hacer una diligencia y que volvería en una hora. Subió en el ascensor al tercer piso, al Departamento de Genética, y golpeó ligeramente la puerta de la oficina del Dr. Ricardo Valdez, jefe del departamento.

----¡Entre, entre!----gritó el Dr. Valdez.

----Buenos días, Ricardo. He venido a pedirte un favor.

----Lo que gustes, Carlos Alberto.¿En que te puedo servir?

----Quiero que hagas un examen de mi ADN.

Capítulo 1

----¿Por qué? ¿Tienes algún juicio de paternidad?----le bromeó Valdez.

----No, nada de eso. Sencillamente, se me ha metido en la cabeza averiguar quienes son mis ancestros----le contestó Santamaría.

----Eso está hoy muy de moda. Hagámoslo ahora mismo. Toma estos dos palitos que tienen algodón en el extremo y raspa con ellos suavemente el costado de tu paladar. Luego, introduce cada uno de ellos por separado en estas botellitas.

----¿Eso es todo?----preguntó Santamaría sorprendido.

----Eso es todo. En dos semanas te tengo la respuesta. Pero, oye, ¿todavía está en pie tu invitación para ver el partido Real Madrid-Barcelona?

----¡Por supuesto! Te recogeré de tu casa a la hora de costumbre.

Capítulo 1

Capítulo 2

----Te habla Valdez, Carlos Alberto. Puedes venir a mi oficina cuando quieras. Ya tengo los resultados de tu examen de ADN.

----Ahora mismo subo, Ricardo.

El doctor Santamaría tenía tanta curiosidad y urgencia de saber el resultado que no tuvo la paciencia de esperar a que llegase el lento ascensor. Subió por las escaleras corriendo, tomando los escalones de dos en dos.

----Aquí están los resultados. Perteneces al 20 por ciento de la población española que tiene antecesores judíos.

----¿Cómo llegaste a esa conclusión?----preguntó Santamaría.

----Científicos de la Universidad de Harvard hicieron un estudio detallado de los cromosomas de los judíos sefaraditas en los lugares donde sus antecesores emigraron en el año 1492, principalmente Turquía, el norte de Grecia y Bulgaria. Lo publicaron en "Genetics today", la más prestigiosa revista de la especialidad genética. Al revisar tu examen de la ADN, encontré que tú compartes con los judíos sefaraditas los mismos cromosomas. Pero, no te preocupes. Eso de que desciendes de judíos no tiene por qué hacerte sentir mal.

----¿Y por qué habría de hacerme sentir mal?----preguntó Santamaría.

----No lo tomes así. Tal vez me he expresado con ligereza, pero no lo he dicho con mala intención. La realidad es que hay gente que tiene prejuicios contra los judíos y descendientes de judíos. Los consideran codiciosos, explotadores, deshonestos.

Capítulo 2

Yo no soy uno de esos. Al contrario, algunos de mis mejores amigos son judíos. Son excelentes personas, inteligentes y cultos. Te puedo asegurar que ninguno de ellos tiene los defectos que la gente prejuiciada atribuye a los judíos.

Santamaría sintió un leve y vago malestar al escuchar las explicaciones del doctor Valdez. Pensó en las veces que él, durante su niñez, se había burlado de un niño judío, Isaac Benzaquen, que era su condiscípulo. Le dio vergüenza recordar que más de una vez había acusado a Isaac de haber matado a Cristo. Luego, sonrió cuando le vino a la memoria la última vez que había ocurrido ese incidente, desde el cual quedaron muy amigos.

----Carlos Alberto, tú me acusas a cada rato de haber matado a Cristo. ¿Cuándo sucedió ese crimen?----le había preguntado Isaac.

----Hace dos mil años----le contestó Santamaría.

----Entonces, no fui yo, ya que yo nací hace solo doce años. Me debes estar confundiendo con otro.

Carlos Alberto no pudo reprimir la carcajada al escuchar la respuesta de Isaac. Desde ese momento, Isaac, hijo de judíos, y Carlos Alberto, hijo de católicos fervientes, fueron inseparables compañeros de travesuras y aventuras. Perdieron el contacto unos años después, cuando Isaac emigró con sus padres a Israel.

Valdez, sin darse cuenta de que Santamaría estaba distraído y no le prestaba atención, continuaba hablando de los judíos.

----La verdad es que lo más me gusta de los judíos son las judías. Te voy a confesar algo que ni siquiera mi esposa lo sabe. Durante un año en la universidad tuve una enamorada judía. Muy linda, de cabellos negros tan largos que le llegaban casi hasta la cintura, ojos verdes, facciones pálidas y una

Capítulo 2

expresión que parecía invitar constantemente a un beso. Me recordaba a Rebeca, el personaje del libro "Ivanhoe" del escocés Walter Scott. Le ofrecí matrimonio con la condición de que se convierta a nuestra religión católica. Se negó rotundamente y dejamos de vernos. A veces se me ocurre que la verdadera razón por la cual no aceptó mi propuesta es que calculó que un estudiante de medicina nunca ganaría lo suficiente para que ella tuviese una buena vida sin necesidad de trabajar. La verdad es que no me extrañaría que Miriam pensase así, ya que los judíos saben calcular muy bien las ventajas y desventajas de cada situación. En otra ocasión conocí…

----¡Hombre! Hace un momento me dijiste que no tienes prejuicios contra los judíos, pero acabas de expresar una generalización que tiene tufo de prejuicio----le interrumpió Santamaría.

----Mira, Carlos Alberto, si yo hubiese sabido que ibas a reaccionar así, habría preferido que te hicieran el examen genético en alguna otra institución. Yo no soy responsable que el resultado salió como salió.

Santamaría lo miró incrédulo. Le era difícil creer que quien expresaba tales opiniones era un hombre a quien él había apreciado como amigo y respetado como médico durante muchos años.

----Dejemos este asunto, Ricardo. Lo podemos comentar algún otro día. Ambos estamos hoy un poco tensos, es probable que sea debido a presiones del trabajo. Gracias, nuevamente----Santamaría se levantó del sillón, fue a la puerta, se volteó y agregó---- saluda de mi parte a tu esposa Violeta, por favor.

Capítulo 2

Capítulo 3

El día siguiente, Santamaría se sentó frente a la computadora, visitó la página Web de la Casa del Libro, y compró varios libros de historia de los judíos y de la Inquisición. Entre ellos, "Historia de los Judíos" por Paul Johnson, "Los Judíos en España" de Joseph Pérez, y "La Inquisición Española: Mito e Historia" de Henry Kamen. Los recibió cuatro días después y durante semanas trasnochó leyéndolos.

Dos o tres meses después, lo invitaron a participar en un encuentro de médicos cardiólogos en Madrid. Aceptó de inmediato, pensando que podía aprovechar la visita a Madrid para agradecer personalmente a Sofía Castillo, la profesora de la Universidad Complutense que le había traducido los documentos.

Al día siguiente de finalizar el encuentro médico Carlos Alberto telefoneó al anticuario Ricardo Castillo, el padre de Sofía, y le preguntó si podía pasar por su negocio a saludarlo.

----¡Encantado, doctor Santamaría! Venga usted a eso de las seis de la tarde cuando mis clientes ya se han ido.

Santamaría, puntual como siempre, llegó en taxi a las seis de la tarde a la tienda de antigüedades El Escorial. Castillo le dio un abrazo de bienvenida, como solía hacer con sus amigos.

----Estimado doctor Santamaría debo confesarle que siento una gran curiosidad de escuchar sus comentarios acerca de los documentos que mi hija Sofía tradujo para usted. Tuve oportunidad de leer las traducciones y sé de que se trata, así que puede usted hablar conmigo libremente.

Capítulo 3

----En los documentos que la señorita Sofía tradujo descubrí que el secreto de mi familia Santamaría es que descendemos de rabinos eruditos y devotos, cuyos hijos se convirtieron al catolicismo, algunos de ellos contra su voluntad y otros por convicción. Algunos de mis antecesores fueron católicos tan fervientes que llegaron al extremo de cooperar con la Inquisición denunciando judaizantes----dijo Santamaría

----¿Antes de leer los documentos, tenía usted un interés especial por los judíos?----le preguntó Castillo.

----Ninguno. Yo sé muy poco de los judíos excepto que son los autores del Antiguo Testamento, que la Inquisición perseguía a los conversos judíos por herejes, que fueron víctimas de un terrible genocidio durante la Segunda Guerra Mundial, que han establecido un Estado independiente en el Medio Oriente, y que están en conflicto permanente con los árabes.

----¿Ha cambiado su vida en alguna forma desde que usted descubrió que desciende de judíos?----preguntó el anticuario.

----Castillo, yo soy un científico, no un intelectual. Leer los antiguos documentos que encontramos en el baúl fue para mí interesante, yo diría hasta fascinante, pero no lo consideré suficiente. Yo necesitaba confirmación científica de que realmente desciendo de judíos. Le pedí a un colega mío del hospital que me hiciera un examen de ADN para determinar mi ancestro. Desde el día que mi amigo, o tal vez debería llamarlo mi ex-amigo, me dio el resultado del examen de ADN, podría decir sin exagerar, que esa amistad, que yo apreciaba profundamente, murió. Mi amigo me saluda a duras penas cuando me ve en los corredores del hospital. Cuando yo lo invito a ir conmigo al Estadio El Plantio a ver jugar al Burgos C.F., siempre tiene una excusa lista para no aceptar mi invitación----le contó Santamaría a Ricardo Castillo.

Capítulo 3

----Doctor Santamaría, deseo invitarlo a mi casa a cenar esta noche para conversar más al respecto, ya que el tema me interesa sobremanera. La invitación en verdad proviene de mi hija Sofía, a la cual informé que usted vendría esta tarde a mi negocio. Sofía, aparte de ser experta en idiomas semíticos, también es una excelente cocinera----le dijo Castillo.

----Acepto con muchísimo gusto. Deme su dirección y dígame a qué hora debo llegar----contestó Santamaría.

Esa noche, a la hora acordada, Santamaría tocó el timbre de la casa de Ricardo Castillo. Sofía abrió la puerta. A Santamaría le pareció que aún más atractiva de lo que él recordaba.

----Buenas noches, señorita Castillo, es un placer verla nuevamente.

----El placer es mío, doctor Santamaría, pero llámeme Sofía, por favor.

----Lo haré, pero solo si usted me llama Carlos Alberto.

----De acuerdo, pero pase por favor. Deme su abrigo. Mi padre está en el salón esperándolo. Le pido disculpas, pero hay ollas calentando en la cocina que exigen mi presencia. Les avisaré cuando todo esté listo.

Castillo estaba sentado en un sillón frente a una chimenea donde chisporroteaba el fuego. Tenía un vaso de vino en la mano.

----¡Bienvenido, doctor Santamaría!----lo saludó Ricardo Castillo---- ¿Qué le puedo servir? ¿Un vinito?

----Si usted tiene whisky, lo preferiría.

----¡Por supuesto! Aquí está.

Capítulo 3

Durante la siguiente media hora conversaron de temas políticos, y constataron que ambos coincidían en criticar al gobierno actual por lo que hacía y por lo que no hacía.

----Papa, Carlos Alberto, pasen al comedor por favor. La comida ya está servida----les anunció Sofía.

Durante las dos horas siguientes, Santamaría comprobó que Castillo no había exagerado al elogiar las dotes culinarias de su hija.

----Sofía, se lo digo sinceramente, ni en los mejores restaurantes de Burgos he comido platos tan deliciosos como los que usted ha preparado. ¡Usted es una artista de la cocina!

----Tomaremos el café en el salón. Deseo comentarle acerca de la información que usted descubrió en los documentos que Sofía le tradujo---- dijo Castillo.

Capítulo 4

----Mi estimado doctor Santamaría, quiero que sepa que yo también desciendo de judíos conversos, y que he tenido experiencias similares a la que usted me relató acerca del distanciamiento de su ex-amigo.

Nací en un pequeño pueblo en La Rioja, donde, según la tradición del lugar, vivían judíos hace muchos siglos. Como y por que desaparecieron, nadie lo sabe o, si lo saben, nadie lo menciona.

Mi madre, cuando cumplí 13 años, me dijo que nosotros descendíamos de judíos y me hizo jurar que no se le contaría a nadie. Hoy, con usted, estoy rompiendo el juramento que le hice a mi madre, bendita sea su memoria.

En mi casa teníamos costumbres que nunca vi en las casas de mis amigos. Por ejemplo, los viernes mi madre se aseguraba de que todas las cortinas estaban cerradas, bajaba al sótano, y prendía allí velas. En su cocina nunca vi jamón o tocino, aunque los comía cuando estábamos invitados a cenar donde amigos. Íbamos a misa todos los domingos, pero, en privado, nunca vi a mi madre persignarse. Todas las noches ella recitaba una plegaria a "Adonai", una palabra que, según me enteré, muchos años después, es el nombre que los judíos dan a Dios.

Quiero contarle una anécdota personal. En una ocasión, después de muchos años, regresé a mi pueblo y fui a saludar a unos vecinos, que, años antes, mi madre me había dado a entender que eran como nosotros, pero que no lo admitían. Los padres ya habían fallecido, pero quedaban los dos hijos, con quienes yo jugaba cuando eramos niños.

Capítulo 4

Quise satisfacer la curiosidad que había sentido durante décadas. ¿Descendían mis vecinos de judíos o no?

No les pregunté directamente si eran judíos. No me habrían respondido pero sí habrían reaccionado, cada uno de ellos de acuerdo a su temperamento. El hermano mayor se habría sentido ofendido. El menor se habría reido en mi cara.

Decidí averiguarlo en forma indirecta. Les pregunté acerca de sus costumbres familiares, y no tuvieron inconveniente en contestarme. ¡Todo lo contrario! Se alegraron de que yo mostrase interés por las peculiaridades de su familia.

----¿Qué hacen en su familia cuando nace un niño?---- les pregunté.

----Le amarramos un hilo rojo en la mano----me contestaron.

----¿Qué hacen cuando un niño cumple trece años?

----Lo celebramos con una fiesta----me respondieron.

----¿Tienen alguna costumbre especial en su familia cuando alguien se casa?

----Después de ir a la iglesia donde que el cura casa a la pareja, el novio y la novia se paran un rato debajo de un toldo----me respondió la esposa de uno de los hermanos.

----¿Qué costumbres tienen ustedes cuando alguien fallece y están de luto?

----Durante siete días nos sentamos en sillas bajas, cubrimos con telas los espejos de nuestra casa y los amigos vienen a consolarnos ----me contestaron.

Capítulo 4

Las respuestas que recibí me convencieron de que mis vecinos tienen antepasados judíos.

El hilo rojo que mis vecinos ponen al niño recién nacido es un acto cabalístico.

La fiesta que celebran cuando el adolescente cumple trece años es un rezago de la *bar mitzvá*, la ceremonia que celebra el hecho de que el judío, a los trece años, ha alcanzado la edad adulta religiosa.

El toldo debajo del cual se paran los novios es el equivalente de la *jupá* judía, un palio nupcial sostenido sobre cuatro pilares que se coloca encima de la pareja durante la ceremonia del casamiento. Simboliza el hogar que la pareja formará.

Sus siete días de luto son, por supuesto, la *shiva* judía.

No sé si ellos saben que descienden de judíos y lo mantienen en secreto, o, si realmente no tienen idea de quienes fueron sus antecesores. No se los revelé, ya que uno nunca sabe como reacciona la gente.

Pero, mi estimado Dr. Santamaría, he monopolizado la conversación demasiado tiempo. Así soy yo. Me dan la mano y me voy (en este caso, hablo) hasta el codo. Si usted tiene alguna pregunta, doctor Santamaría, con gusto trataré de contestarle.

Capítulo 4

Capítulo 5

----Efectivamente, tengo algunas preguntas, señor Castillo. ¿Los descendientes de judíos conversos que viven hoy en España forman algún tipo de comunidad? ¿Se casan solo entre ellos o también con personas que no tienen ancestro judío?---- preguntó Santamaría.

----En España, la única comunidad de descendientes de judíos conversos de la que yo tengo conocimiento es la de los chuetas, que viven en Mallorca. Hasta hace algunas décadas se casaban solo entre ellos. En el resto de España son muy pocos los que tienen conciencia de su ancestro judío. El conocimiento de que algunas personas descienden de conversos perdura solo en algunos pequeños pueblos, donde, a pesar de que todos son católicos devotos, la gente los llaman judíos, y les tienen antipatía. En las grandes ciudades, quienes tienen una vaga idea de que descienden de judíos no le dan importancia al asunto. Los que están conscientes del pasado de su familia, generalmente lo mantienen en secreto, pero algunos de ellos tratan de que sus hijos se casen con muchachas del mismo ancestro----explico Castillo.

----Hace unos años escuché que aun sobrevivía una pequeña comunidad de "marranos" en Belmonte, un pueblo de 7,000 habitantes en el norte de Portugal. Decidí que durante mis siguientes vacaciones iría allá para verlos. Así lo hice. Es una comunidad de 180 personas que han conservado su identidad de judíos secretos durante cinco siglos. En la década de los 70 del siglo 20 retornaron oficialmente al judaismo y en 1996 abrieron una sinagoga----intervino Sofía en la conversación.

----Hablando en forma general, los marranos dejaron de existir, mejor dicho, dejaron de identificarse a si mismos como

Capítulo 5

tales, en el año 1834 cuando se abolió la Inquisición. Es irónico que el único lugar donde los marranos siguen existiendo es en la mente enferma de gente obsesionada por supuestas conspiraciones. En Internet vi una pagina que supura odio a los marranos, los culpa de la Guerra Civil, de los problemas políticos del país, de promover la inmigración musulmana, de los abortos y de la poca asistencia a las iglesias----dijo Castillo.

----Sr. Castillo, señorita Sofía----dijo Santamaría, levantándose del sillón----esta ha sido una velada encantadora. Les estoy muy agradecido, a usted, Sr. Castillo, por su interesante información, y a usted, Sofía, por una deliciosa cena. Me despido porque mañana debo madrugar para tomar el tren de regreso a mi ciudad.

----Carlos Alberto, espero que nos vuelva a visitar en su próximo viaje a Madrid----le dijo Sofía sonriendo.

----Por supuesto que si, Sofía, y le aseguro que será pronto----contestó Santamaría, despidiéndose de Sofía y de su padre.

Epílogo

Durante los siguientes meses, Carlos Alberto viajo a Madrid con mucha frecuencia. Al principio le decía a Sofía que la visita a la capital era por motivos profesionales, pero, después de un tiempo, cuando se dio cuenta de que sus sentimientos a la joven eran correspondidos, le confesó que los viajes eran solo para verla.

El matrimonio del doctor Carlos Alberto Santamaría y la señorita Sofía Castillo se realizó en la catedral de Burgos. La ceremonia fue conducida por el Obispo Jose Maria Menéndez.

La pareja, después del matrimonio, regreso a la residencia de Santamaría. Antes de entrar al salón donde los esperaban los invitados, Carlos Alberto y Sofía se pararon durante unos minutos debajo de un palio nupcial, sostenido sobre cuatro pilares, que el novio había hecho erigir en el jardín.

Donde hay una frente más audaz, un ojo más brillante, hay uno como ellos: cuando una voz canta más claramente, hay uno; donde una línea se dibuja más inteligentemente para hacer una imagen clara, un grabado fuerte, hay uno; donde un estadista es más honorable, un juez más justo, aquí hay uno; donde una mujer es hermosa y sabia, hay una. Su sangre vive en cualquier marco que fluya, y cuando el marco se ha ido, su polvo enriquece el suelo generosamente. Su espíritu nace de nuevo en cada generación. Ya no están y, sin embargo, viven para siempre. (*Peonía* por Pearl Buck)

Índice

PRIMERA PARTE
Capitulo 1 1
Capitulo 2 5
Capitulo 3 9
Capitulo 4 13

SEGUNDA PARTE
Documento № 1 17
Documento № 2 25
Documento № 3 31
Documento № 4 35
Documento № 5 39
Documento № 6 43
Documento № 7 45
Documento № 8 47
Documento № 9 53
Documento № 10 57
Documento № 11 65
Documento № 12 71
Documento № 13 79
Documento № 14 81
Documento № 15 85
Documento № 16 89
Documento № 17 91
Documento № 18 93
Documento № 19 99
Documento № 20 101
Documento № 21 105
Documento № 22 109
Documento № 23 111
Documento № 24 115
Documento № 25 117
Documento № 26 121
Documento № 27 127
Documento № 28 131

Documento № 29 135
Documento № 30 141
Documento № 31 145
Documento № 32 147
Documento № 33 151
Documento № 34 155

TERCERA PARTE
Capitulo 1 159
Capitulo 2 163
Capitulo 3 167
Capitulo 4 171
Capitulo 5 175

EPÍLOGO 177

Índice 181
Genealogía de la familia Ha-Levi/Santamaría 183

Genealogía de la familia Ha-Levi/Santamaría,
Del Siglo 10 al Siglo 17.

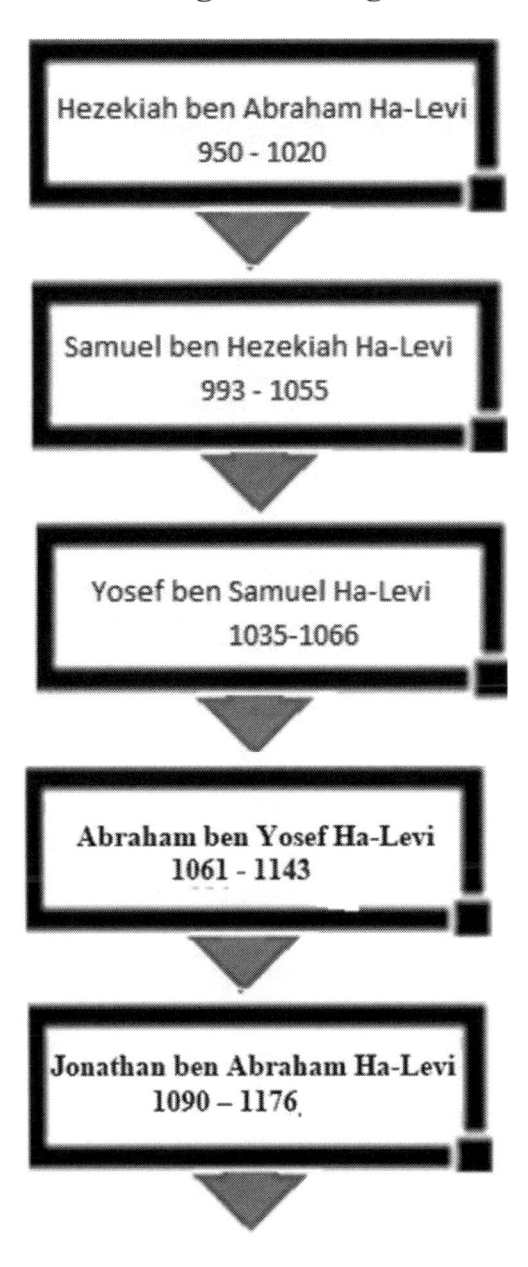

```
Hezekiah ben Abraham Ha-Levi
         950 - 1020
              ▼
Samuel ben Hezekiah Ha-Levi
         993 - 1055
              ▼
   Yosef ben Samuel Ha-Levi
         1035-1066
              ▼
  Abraham ben Yosef Ha-Levi
         1061 - 1143
              ▼
 Jonathan ben Abraham Ha-Levi
         1090 - 1176
              ▼
```

Genealogía de la familia Ha-Levi/Santamaría

```
┌─────────────────────────────────┐
│   Yehuda ben Jonathan Ha-Levi   │
│            1150 – 1233          │
└─────────────────────────────────┘
                 ▼
┌─────────────────────────────────┐
│     Isaac ben Yehuda Ha-Levi    │
│            1205 - 1272          │
└─────────────────────────────────┘
                 ▼
┌─────────────────────────────────┐
│      Aaron ben Isaac Ha-Levi    │
│            1250 - 1345          │
└─────────────────────────────────┘
                 ▼
┌─────────────────────────────────┐
│     Samuel ben Aaron Ha-Levi    │
│            1320 - 1360          │
└─────────────────────────────────┘
                 ▼
┌─────────────────────────────────┐
│     Abner ben Samuel Ha-Levi    │
│            1342 - 1410          │
└─────────────────────────────────┘
                 ▼
```

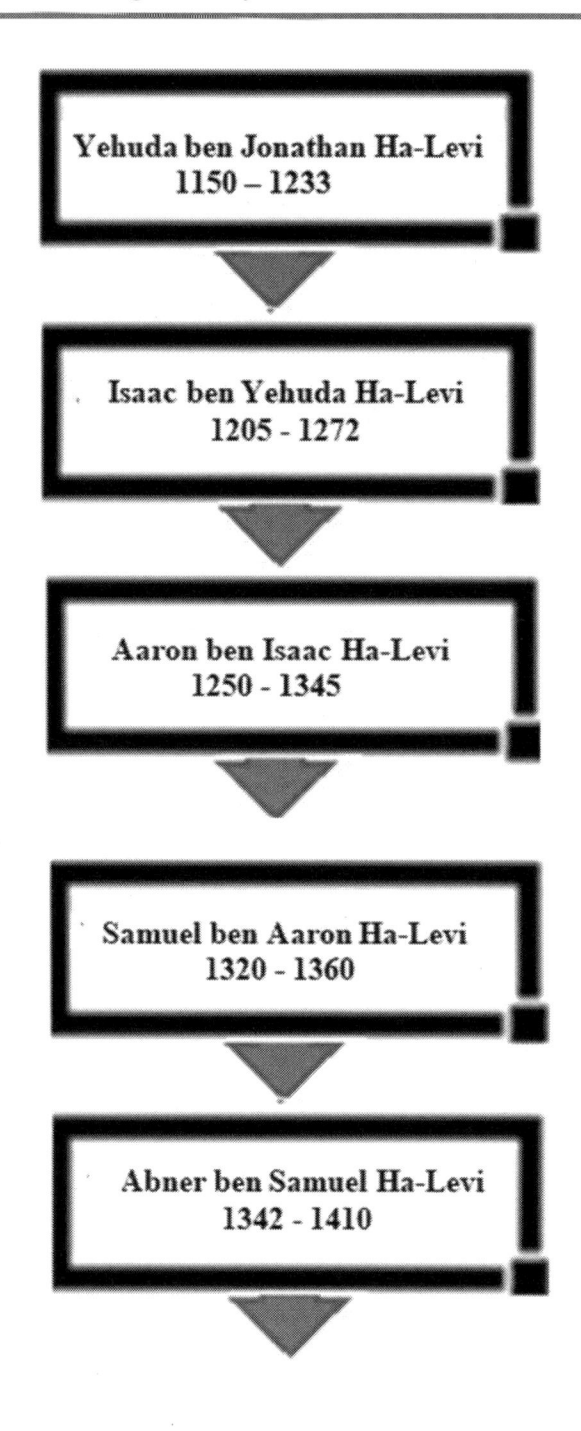

Genealogía de la familia Ha-Levi/Santamaría

```
                    Astruc ben Abner Ha-Levi
                           1369 - 1438
                                │
                ┌───────────────┴───────────────┐
                ▼                               ▼
    Ezequiel ben Astruc Ha-Levi  ⟷   Vicente de Santa Maria
           1416 - 1467                      1418 - 1485
                │                               │
                ▼                               ▼
    Abner ben Ezequiel Ha-Levi        Gonzalo de Santamaria
           1440 - 1503                      1441 - 1484
                │
    ┌───────────┼───────────────────┐
    ▼           ▼                   ▼
Daniel ben  Aaron ben Abner  ⟷  Miguel de Santamaria
  Abner       1468 - 1543           1470 - 1539
1466 - 1540        │                    │
    │              ▼                    ▼
    ▼        Simon de Santamaria   Alberto de Santamaria
Luis Burgos     1495 - 1553            1501 - 1550
1496 - 1571        │                    │
                   ▼                    ▼
           Enrique de Santamaria   Juan de Santamaria
              1534 - 1597             1526 - 1598
                   │
                   ▼
           Hernan de Santamaria
              1575 - 1638
                   │
                   ▼
           Rodrigo de Santamaria
              1600 - 1652
                   │
                   ▼
           Tomas de Santamaria
              1632 - 1682
```

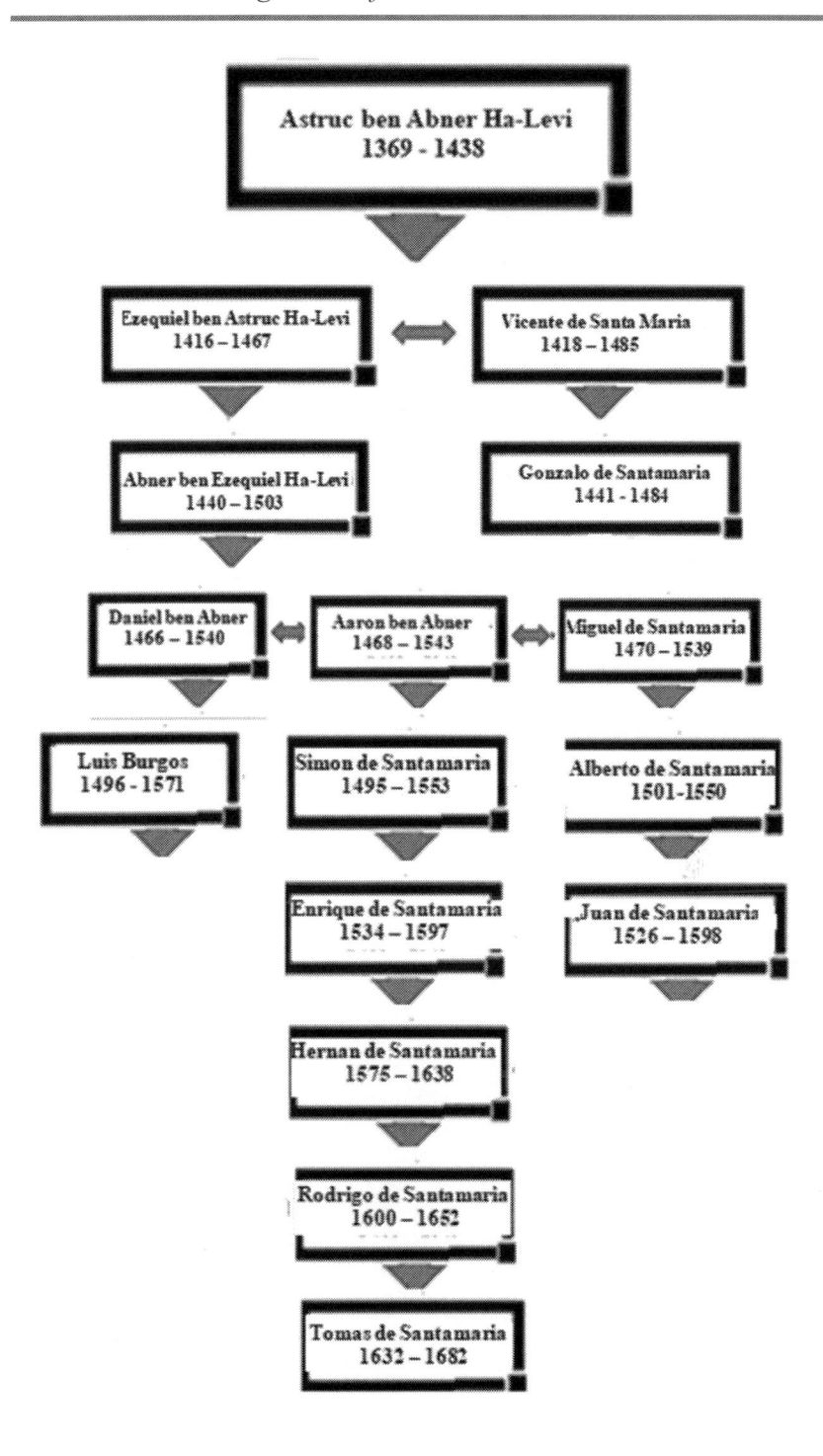

Un pedido al lector

Amable lector:

Te agradezco que hayas leído estas páginas, y mi deseo es que te hayan entretenido.

¿Me podrías conceder unos minutos más y dar tu comentario a Amazon.com respecto al libro?

Tu comentario sería de gran utilidad a otros lectores para ayudarlos a decidir a leer este libro.

El procedimiento para comentar en Amazon es el siguiente:

a) Visita la página de este libro en la Tienda Kindle en www.amazon.com o en www.amazon.com.es.
b) Mueve el cursor a la parte baja de la pantalla hasta que llegues a **Escribir mi opinión (o Write a Customer Review en la página web en inglés)**
c) Haz clic sobre esa frase para poder escribir tu comentario.

Te saluda cordialmente

David Mandel

Un pedido al lector

LIBROS DE DAVID MANDEL
Distribuidos por Amazon.com
en versiones impresas y digitales

Libros de David Mandel

Libros de David Mandel

El Violinista
en el Valle de Gehinom

David Mandel

"El Violinista en el Valle de Gehinom", es una novela impactante que relata la dramática odisea de su personaje durante el período de la Segunda Guerra Mundial, enlazando con maestría los hechos personales con las imágenes y eventos de la historia.

Es un hermoso, sentido y humano testimonio, demoledor e irrefutable, relatado en un estilo sobrio, claro, sin apasionamientos ni ambigüedades, de cómo una vida se puede derrumbar de un día para el siguiente debido a la perversidad de seres que han perdido todo sentido de humanidad.

El autor, en un relato fluido y ameno, nos hace testigos y partícipes del diario vivir de los protagonistas, y paradójicamente, a pesar de trágicos pasajes, nos hace apreciar y admirar la esperanza y capacidad de resistencia que ayudan al protagonista a sobrevivir su paso por un infierno inhumano, y llegar un día a formar una familia, prosperar y hacer todo lo que está en su poder para salvar vidas.

El relato termina en un tono de optimismo y un toque de humor que es infaltable en los libros de David Mandel.

LOS AÑOS DE NUESTROS PEREGRINAJES

Una novela de David Mandel

LOS AÑOS DE NUESTROS PEREGRINAJES

En esta novela, basada e inspirada por eventos familiares e históricos, el escritor David Mandel relata, a base de cartas recopiladas y proporcionadas por la familia Klausner, las vicisitudes, triunfos y adversidades, alegrías y tristezas de cinco generaciones de una familia judía, desde las últimas décadas del siglo 19 hasta nuestros días.

El camino de la familia Klausner se inicia en un pequeño shtetl polaco, donde los judíos, en su vida cotidiana, conservaban la cultura y las tradiciones de siglos. De allí, la familia emigra a Austria y Alemania, donde los Klausner son testigos y víctimas del nacimiento y auge del nazismo. Parte de la familia logra refugiarse en el Perú, y finalmente llega a Israel, donde también les esperan triunfos y tragedias.

Es un relato apasionante, presentado en las palabras y testimonios de una familia de la vida e historia del pueblo judío a lo largo de los últimos 150 años.

Las cartas fueron escritas en diversos idiomas, yiddish, alemán, y hebreo, ordenadas cronológicamente, y traducidas al castellano. La más antigua, escrita en yiddish, lleva la fecha del 15 de julio de 1888. La más reciente está fechada 12 de enero de 2019.

"LOS AÑOS DE NUESTROS PEREGRINAJES" fusiona magistralmente el relato de heroismo y lucha de una familia judía por sobrevivir los eventos históricos que les impacta y determina su camino.

LA TRILOGÍA HERODIANA

Épica novela histórica del periodo más dramático en la historia del pueblo judío, desde el reino de Herodes hasta la guerra contra Roma y la destrucción del Templo

David Mandel

La TRILOGIA HERODÍANA es una épica novela histórica que deleitará y emocionará al lector, y a la vez, le informará las causas, eventos y consecuencias de la guerra de los judíos contra el imperio romano, cuyos efectos aún sentimos en nuestros días en los acontecimientos contemporáneos en el Medio Oriente.

Por sus páginas pasan Marco Antonio, el Rey Herodes, el Emperador Augusto, Tiberio, Calígula, Claudio, el Rey Agripa el Grande, Vespasiano, Tito, Josefo Flavio y muchos otros personajes cuyas vidas y acciones han impactado nuestra civilización occidental.

La narrativa histórica tiene lugar en la Alejandría de Cleopatra, en el Jerusalén de Herodes, en la Roma de Augusto, Tiberio, Calígula y Claudio.

La novela abarca los años 35 A.E.C. al 73 E. C. uno de los períodos más dramáticos en la historia del pueblo judío. La rebelión de los judíos contra el poderoso imperio romano, y la destrucción de Jerusalén y del Templo afectó no solo a los judíos sino que tuvo, y sigue teniendo, gran influencia en la civilización occidental hasta nuestros días. Nunca, desde entonces hasta el siglo 20, los judíos experimentaron eventos tan traumáticos y cruciales.

Cada una de las tres partes de la trilogía es relatada por su propio protagonista, lo cual nos hace sentir a nosotros los lectores vivir en sus épocas y ser contemporáneos de los personajes.

La primera parte, **"En la corte del rey Herodes"**, relata la historia de Herodes, el constructor del Templo de Jerusalén, que, según los cronistas, fue uno de los edificios más grandes, magníficos y hermosos en el mundo romano. El Muro Occidental, el lugar más sagrado de hoy para los judíos, es lo que queda de los muros de contención que aumentaron el área en la cima del monte.

El narrador de la primera parte, Nicolás de Damasco, historiador, diplomático, orador, estadista y filósofo, fue, como los otros personajes mencionados en esta Trilogía, una persona real. Nació en Damasco en el 64 A.E.C. y murió en Roma en el año 16 E.C. a la edad de ochenta años. Tuvo el honor y el privilegio de ser amigo y confidente de los tres hombres más importantes de su época, el General Marco Antonio, el Emperador Augusto y el Rey Herodes.

Herodes fue un tirano cruel, pero convirtió al reino de Judea en un Estado próspero y poderoso. Fue el más grande constructor de la Antigüedad, como lo atestiguan la Tumba de los Patriarcas en Hebrón, las murallas del Templo en Jerusalén, y los palacios de Herodión y Masada.

La segunda parte, "**Memorias de Agripa**", la relata Marcus Julius Agripa (nacido en el año 11 A.E.C., fallecido en el año 44 E. C., a la edad de 54 años), nieto del rey Herodes.

Agripa es una de las figuras más fascinantes y carismáticas de la historia judía. Fue en su juventud aventurero, jugador, derrochador, y hasta estuvo preso por deudas, pero cuando asumió el trono de Judea mereció ser el único rey judío al que se titula "el Grande."

El narrador de la tercera parte, "**La guerra de los judíos contra el Imperio Romano**", es Josefo Flavio (Joseph ben Matityahu nacido en Jerusalén 37 A.E.C., muerto en Roma 100 E.C.), historiador y participante en la guerra judía contra el poderoso Imperio Romano, uno de los eventos más traumáticos de la historia del pueblo judío. En el inicio de la rebelión fue el general a cargo de la defensa de Galilea. Capturado por los romanos, trató de convencer a los rebeldes a que depongan las armas y se rindan.

La rebelión judía concluyó con la destrucción de Jerusalén y del Templo, y ha pasado a la historia como una de las más grandes tragedias del pueblo judío y el inicio de un exilio que duró 2,000 años.

La TRILOGIA HERODÍANA es una obra indispensable para quienes disfrutan de las novelas historicas, y para los que desean conocer el pasado del pueblo judio, que nos hace entender los eventos de hoy.

EL OCTAVO MARIDO
Una fábula sin moraleja

David Mandel

    David Mandel ha tomado como base de su narración un antiguo relato hebreo, "El Libro de Tobit", y lo ha adaptado con su característico humor y su inimitable estilo que hace sentir al lector que es contemporáneo de los personajes.

El Libro de Tobit es uno de los "Libros Apócrifos" usando la palabra "apócrifo" en su significado de "libro que no es considerado de inspiración divina". El judaísmo y el cristianismo protestante no lo consideran parte de sus libros sagrados. En contraste, los católicos lo aceptan como canónico.

La trama de la narración original es la siguiente: Tobit es un anciano devoto que pierde la vista pero no su fe en Dios. Envía a su hijo Tobías a recobrar un dinero que, años antes, había entregado a un amigo para que lo guarde.

En el camino, Tobías visita a un pariente lejano cuya hija está poseída por un demonio celoso que tiene por costumbre matar a los maridos de la joven en la noche de bodas.

Tobías, protegido por el ángel Rafael, que está disfrazado de ser humano, logra hacer huir al demonio y se casa con la joven. Regresa a la casa de sus padres con el dinero recobrado y su nueva esposa.

El relato original, escrito en el siglo 2 ó 3 A.E.C., tiene de todo: ángeles, demonios, novias peligrosas, peces mágicos, sexo y tragedias. David Mandel une todos estos aspectos de la narración con un humor regocijante.

JESÚS me llamaba PAPÁ

Se han escrito innumerables libros sobre Jesús. Sin embargo, pocos han sido escritos por judíos. "JESÚS me llamaba PAPÁ" es uno de ellos.

La novela, relatada por José, el esposo de María, presenta a Jesús como lo que históricamente fue: un judío, que vivió como judío y murió como judío, a quien los romanos crucificaron acusándolo de ser "rey de los judíos".

El lector del libro notará que los nombres de los personajes aparecen en su forma hebrea original. Por ejemplo, María se llama Miriam y Jesús es Yeshua. El uso de los nombres hebreos originales muestra quiénes eran: una familia judía que vivió en una época transcendental en la larga historia del pueblo judío.

Este libro entretenido y emocionante hace sentir al lector, sea cual fuere su religión, creyente o no creyente, que es contemporáneo, participante y observador de los eventos, y lo hace sentir que vive en Judea durante el siglo 1 E.C.

La novela incluye incidentes que no aparecen en los Evangelios. Estos incidentes son lógicos y creíbles. Por ejemplo, en uno de los capítulos, el autor menciona que Miriam, la madre de Yeshua, compraba comida en el mercado. No hay evidencia en los Evangelios de que Miriam haya visitado un mercado para comprar comida o cocinar para su esposo e hijo. Sin embargo, es completamente plausible mencionar que Miriam compró comida en el mercado, que cocinó para su esposo e hijo. Sería inconcebible pensar que no lo hacía.

"JESÚS me llamaba PAPÁ" presenta "la historia más grande jamás contada" en el estilo distintivo del autor, ameno e interesante, con toques de humor pero siempre con el debido respeto y sin desviarse de la narrativa bíblica.

Libros de David Mandel

La Gesta del Judío

4,000 años de historia en 60 relatos

David Mandel

Los sesenta relatos incluidos en este libro constituyen en su conjunto una historia, la historia del pueblo judío. Son mosaicos individuales de un cuadro panorámico que cubre 4,000 años.

El primer relato tiene lugar hace cuatro milenios en Ur, la capital de Sumeria, el reino más antiguo de la historia. El último relato tiene como marco Tel Aviv, una de las capitales de la alta tecnología mundial, y el evento relatado, si no ocurrió ayer, pues ocurrirá mañana.

Los relatos utilizan diversas técnicas literarias. Algunos, especialmente los de la época bíblica, son presentados con humor. Otros utilizan formatos anacrónicos, como por ejemplo una entrevista radial al rey Jeroboam, o la vida de Rabí Akiva en una obra teatral de tres actos. Muchos de los relatos son contados en primera persona por personajes que en algunos casos son históricos y en otros imaginarios, pero en ambos casos los eventos que mencionan son históricos. Al final del libro, bajo el título de "Notas a los Relatos", el autor incluye una explicación acerca de cada capítulo y su fuente.

El tema de este libro, en realidad el tema básico de la historia judía, es la supervivencia del pueblo judío, que, a pesar de ser uno de los más pequeños del planeta, durante su larga existencia, se enfrentó y sobrevivió a los imperios más poderosos de la historia.

****

Personajes de
La Biblia

*3,000 biografías de patriarcas y profetas,
reyes y reinas, héroes y villanos, justos y pecadores*

David Mandel

La edición en inglés, *Who's who in the Jewish Bible* fue calificado de "Libro Excepcional del Año" por el University Press Committee de los Estados Unidos.

El *Tanaj,* (Antiguo Testamento), incluye en sus páginas más de 3,000 personajes. Este libro relata la historia de cada uno de ellos. Cada biografía reúne, en una narración amena, continua y coherente, las referencias acerca de cada personaje, información que en muchos casos, está dispersa en grandes extensiones del texto bíblico.

Libros de David Mandel

Quien es Quien
en el Nuevo Testamento

por David Mandel

Este libro reúne toda la información y referencias de cada uno de los más de 300 personajes mencionados en el Nuevo Testamento, en un formato ameno de narración.

****

Libros de David Mandel

EL SECRETO DE LA FAMILIA SANTAMARÍA

Por David Mandel

Un prominente médico español descubre en un antiguo baúl en su altillo documentos que le revelan el secreto de su familia, ocultado durante generaciones.

La novela relata la estremecedora historia de una familia española, desde el siglo 11 hasta nuestros dias, cuyos miembros incluyen héroes, mártires y apasionados defensores de sus diversas convicciones.

David Mandel, en "El Secreto de la Familia Santamaría," ha escrito una novela donde reconstruye los hechos históricos y los combina con la agilidad de su imaginación. La claridad y amenidad que caracterizan su estilo nos hacen sentir que somos contemporáneos de sus personajes.

"El Secreto de la Familia Santamaría" es una obra que debe ser leida para conocer y entender un capítulo trágico de la historia española. La novela emocionará, ilustrará y apasionará a sus lectores.

****

DÉJAME QUE TE CUENTE

*Mi historia familiar y personal,
si la relato en términos culinarios,
se podría resumir en una sola frase:
"De gefilte fish a ceviche, y de ceviche a felafel"*
(David Mandel)

    David Mandel, en *Déjame que te cuente*, relata la historia de cuatro familias judías y los eventos autobiográficos de su vida personal.

Libros de David Mandel

Leer *Déjame que te cuente* equivale a escuchar a un buen amigo relatar la historia de su familia y la suya, con admirable franqueza, profundo afecto, fina ironía y mucho humor.

El estilo ameno y claro de Mandel otorga a las historias un sello personal que las hace inconfundibles.

Las historias biográficas y autobiográficas que relata Mandel en este libro constituyen mosaicos individuales que, en su conjunto, dan un cuadro panorámico que cubre más de cien años e incluye eventos personales, familiares e históricos.

El real tema, el verdadero significado de estas historias familiares, es la tenaz supervivencia del pueblo judío, tal como lo demuestran las familias Mandel, Korngold, Braun y Kerzsenberg.

La saga de estas familias se inicia a comienzos del siglo 20 en pequeños pueblos de Galitzia, Polonia, continúa en Alemania, luego sigue en el Perú, y, finalmente, culmina en Israel. Los miembros de estas familias emigran, a veces voluntariamente, otras veces forzados. Algunos lo hacen para salvar sus vidas, otros para trabajar y progresar sin ser víctimas de discriminaciones y prejuicios, pero todos ellos comparten las mismas esperanzas, ideales y sueños milenarios.

****

AVENTURAS Y DESVENTURAS DE LUIS CABREJOS

FUNDADOR Y ÚNICO MIEMBRO DEL INSTITUTO DE NOMBRELOGIA

por David Mandel

En esta novela, el autor David Mandel, sigue, con excelente humor, la tradición de las clásicas novelas españolas, y del libro Cándido de Voltaire,

Luis Cabrejos, el protagonista, doctor en gramática española, fundador y único miembro del Instituto Internacional de Nombrelogía, relata en su "autobiografía" sus aventuras y desventuras que lo llevan desde su Lima natal en un colegio de profesores británicos, a una universidad en Madrid, luego, de regreso en Lima, a una estadía en la prisión, para luego convivir con una tribu en la selva peruana.

Finalmente, cerrando el círculo de su saga, regresa al colegio donde transcurrió su niñez, pero esta vez como profesor de español.

Cabrejos es siempre, a pesar de sus desventuras, optimista y entusiasta. Cerrando el círculo de su saga, está aquejado por una obsesión irracional, similar, a la de su antiguo profesor cuyo lugar él ahora ocupa.

El trasfondo de la trama es una sátira del mundo latinoamericano del siglo 20, con su corrupción y sus golpes de Estado.

Libros de David Mandel

La Madre de Goliat
y otras narraciones bíblicas
que no encontrarás en la Biblia

por David Mandel

David Mandel ofrece al lector una regocijante versión de la Biblia relatada con magnífico humor, ingenio e ironía. Mandel ingresa en la psique de los personajes, demuestra su humanidad, recrea sus pensamientos y sus motivos, les da vida real y alegría, e involucra al lector contemporáneo con alusiones políticas, sociales, filosóficas y éticas. Cada capítulo se puede leer como un cuento corto independiente, o como parte integral de una novela que cubre mil años de historia bíblica.

Desfilan por sus páginas textos hilarantes como, por ejemplo, el monólogo de Dios narrando su creación, la investigación del asesinato de Abel a cargo del detective Ángel Gabriel, el juicio a Abraham por querer matar a su hijo Isaac, los problemas matrimoniales de Jacob, la historia de José como el primer psicoanalista, la entrevista a la madre de Goliat, una conferencia dada por el profeta Jeremías, el diario de la reina Esther, el diario de Noé en el arca, y mucho más.

LA LIRA Y LA ESPADA

La novela del Rey David
Músico, poeta, guerrero, seductor y asesino

Relata la extraordinaria vida del Rey David, hombre de innumerables facetas: guerrero valiente y músico angelical, héroe nacional y mercenario al servicio del enemigo, poeta sublime y asesino despiadado, rey temido y padre que no supo controlar a sus hijos, indulgente y vengativo, prudente e impulsivo, elegido de Dios, y culpable de terribles pecados.

Libros de David Mandel

DOÑA MARIA Y EL INSPECTOR DE SECUNDARIA

Una novela limeña por David Mandel

Este libro relata, con el humor e ironía que caracterizan el estilo de David Mandel, la vida de un inspector de colegio, ex miembro de la policía limeña y su romance con las tres veces viuda, Doña María, dueña de la pensión donde él reside.

Operación Mula de Balaam

por David Mandel

La novela de David Mandel "Operación Mula de Balaam" es una divertida sátira de la campaña anti-israelí BDS (Boicot, Desinversión, Sanciones) El autor utiliza, con ingenio y despliegue de humor, la técnica literaria del roman à clef presentando bajo el manto de ficción a personas y situaciones reales con nombres ficticios e, incluso con sus nombres verdaderos.

El personaje del financista George Tzures que contrata a un grupo de personas para que acusen y condenen a Israel, está basado en el billonario anti sionista George Soros que utiliza su fortuna para apoyar organizaciones y campañas anti israelíes. El profesor Asher Reubeni de la novela, anti sionista y fanático pro palestino, está inspirado por el profesor Ilan Pape, auto exilado a una universidad provincial de Inglaterra, autor de libros de historia que falsifican y tergiversan los hechos.

Simultáneamente, "Operación Mula de Balaam" es una versión contemporánea del relato bíblico de Balaam, el vidente que fue contratado para maldecir al pueblo israelita, pero termino bendiciéndolo.

Libros de David Mandel

Tres Cuentos **Peruanos**

Virreinato, Independencia, República

La saga de una familia de La Mancha, que de la pobreza llegó a la presidencia del Perú

por David Mandel

Tres Cuentos Peruanos, Joaquina, Rodrigo y Juan Modesto, relatan tres períodos distintos de la historia del Perú.

El autor, con su característico estilo ameno y divertido, en el cual mezcla su erudición histórica con el humor y la ironía, nos hace sentir contemporáneos de los personajes.

Los tres cuentos forman la saga de una familia, desde sus humildes comienzos en La Mancha, España, hasta la elección de uno de sus descendientes como Presidente del Perú.

La Autobiografía de Moisés

40 años buscando la Tierra Prometida y todo el tiempo, escuchando sólo quejas

por David Mandel

David Mandel, el autor de "Personajes de la Biblia" (cuya versión en inglés fue designada "Libro Excepcional del Año" por el University Press Committee de los Estados Unidos) ha logrado, en "La Autobiografía de Moisés", algo muy especial: relatar la historia bíblica, manteniéndose fiel al original, con un estilo literario contemporáneo, y en lenguaje moderno.

Es un libro divertido donde la erudición va acompañada de humor. El resultado no sólo es ameno e interesante, sino que también es muy divertido.

Parodia contemporánea por David Mandel

David Mandel, el autor de "La Madre de Goliat y otros relatos que no encontraras en la Biblia" ha escrito una parodia hilarante y a la vez fiel al libro bíblico de Job.

Made in the USA
Columbia, SC
27 June 2023

df11a4ad-d55e-479d-912b-1e14cd18fd04R01